COLLECTION FOLIO

GW00501424

Pascale Gautier

Mercredi

Gallimard

© Pascale Gautier et Éditions Gallimard, 2015.

Pascale Gautier est directrice littéraire aux Éditions Buchet-Chastel. Elle est notamment l'auteur des *Vieilles*, prix Renaudot Poche 2012, et de *La clef sous la porte*, publiés aux Éditions Joëlle Losfeld.

Pour Stéphanie !

« Ils étaient assis là, tous deux, grandes personnes et tout de même enfants, enfants par le cœur, et c'était l'été, l'été chaud et béni. »

Hans Christian Andersen

I

Il était une fois une ville immense comme la nôtre. Une ville moderne, avec du béton, des boulevards, des rues, des impasses, un centre gigantesque, des banlieues prolifiques, des périphériques, des autoroutes, des nationales, une petite ceinture, une grande ceinture, des ponts, des souterrains, des parkings, des métros, des bus, des voitures, des feux rouges, des bouchons, des flics, des crottes de chien et des gens. Une ville, quoi. Bien prétentieuse. Bien de chez nous. Une ville terre d'accueil, avec des tas d'avachis de toutes les couleurs qui vont au boulot, quand ils en ont un. Il était une fois un jour d'été comme les autres, un jour avec un matin mou où l'on n'arrive pas à sortir du lit, où l'on se dit non pas ce matin, je n'irai pas, je ne me lèverai pas, non et non. Mais si. On pose le pied gauche sur la moquette couleur pomme blette – premier geste qui n'augure rien de bon –, on se traîne dans la cuisine – dans le coin cuisine pour être exact – où, machinalement, on branche la radio, on saisit la cafetière, on se

13

gratte le nez, on ouvre le robinet d'eau froide, on apprend que la climatisation hier a tué – sauvagement et ce n'est qu'un début – six personnes dans un grand magasin des beaux quartiers sans compter les huit cents morts torturés violés décapités du week-end en Algérie, on cherche le paquet de café qui est vide et merde, on abandonne tout, on se précipite sous la douche pour éviter une nouvelle avalanche de catastrophes épidémiques et mondiales. L'eau, yaksadbon, encore ne faudrait-il pas y regarder de trop près. Il était donc une fois aujourd'hui le matin mou et chaud et moite de notre ville moite et chaude et molle. Il était l'heure de pointe de l'aube. La radio a prévu quarante-huit degrés. Encore une journée difficile, a dit la dame météo, que les mamans n'oublient pas de faire boire beaucoup beaucoup d'eau à leurs jolis bébés, qu'elles les installent à l'ombre – l'ombre d'un arbre étant nettement plus bénéfique que celle du pot d'échappement de la voiture familiale. Vu le taux exceptionnel de saloperies au centimètre cube, le mieux serait de rester chez soi, conseille la voix. Aujourd'hui, tout spécialement aujourd'hui, ajoute la pouffe de la radio qui pollue, on recommande aux personnes âgées de ne pas sortir. Les vieux, les asthmatiques, les fragiles du poumon, du bulbe, du foie, de la rate, de la tripe et d'ailleurs, garez-vous, car aujourd'hui ça va être votre fête. De dix heures à vingt-et-une heures, top chrono, l'air va mordre et brûler. Aujourd'hui, l'air attaque ! Gare ! Gare au long jour d'été cruel !

La ville a certainement écouté la radio. Aucun bruit quasiment. Le quartier est on ne peut plus peinard. Ils sont tous partis en vacances se retrouver aussi nombreux ailleurs. Le macadam est net, le trottoir propre, le feu rouge inutile. Le bonheur. La ville vide pour personne. Enfin, pour presque personne...

Ligne 83. Station Victor Hugo. 37°2 le matin. Quai, mort. Chaises recouvertes de clochards sonnés. Odeur entêtante de vin vomi. Une seule silhouette vaillante fait les cent pas en claquant des talons qui font un drôle de bruit. En regardant de plus près, on s'aperçoit que les souliers sont bien trop grands – on pourrait passer une main entre le cuir et le pied. La jeune fille qui les porte ne semble pas en souffrir. Au contraire, elle en rajoute et c'est pour cette raison que ses chaussures cognent orgueilleusement le béton coloré comme la corne du taureau fou pourfend les palissades rouges de l'arène. Au-dessus, une robe décolorée à la dentelle défraîchie couvre une anatomie qui ne casse pas les barres. Au-dessus, un visage aux traits marqués, aux sourcils épais qui se rejoignent, aux yeux noirs et intenses, à la bouche sensuelle. La jeune fille est très éveillée, contrairement aux clochards, et ne semble pas sentir la chaleur. Le métro expire à ses pieds dans un couinement de ferraille. Elle regarde les compartiments et choisit le plus peuplé. Au troisième essai, les portes arrivent enfin à se fermer. La machine s'ébranle avec douleur. Il est neuf heures du matin, on se croirait dans une énorme bouilloire à roulettes. Les êtres humains, collés à leur siège, ont pris la couleur du homard. On ne peut plus parler de regard. L'atmosphère est pestilentielle, presque liquide. La sueur ne sait plus où donner de la tête. Alors, dans cette espèce de silence gras gluant, s'élève soudain une voix sonore venue d'ici.

« Mesdames et messieurs, je vous prie de bien vouloir m'excuser de m'excuser de vous déranger et d'abord je voudrais, sauf le respect que je ne vous dois pas, vous souhaiter un heureux voyage sur la ligne 83 et une bonne journée et un bon week-end et de bonnes vacances pour ceux qui sont en vacances. » Les homards, sur les sièges, prennent soudain la couleur fatigué, tendance avarié. Ah, non, gémissent-ils intérieurement, encore une qui va nous pomper l'air par cette chaleur, c'est infernal ! « Mesdames et messieurs, je sais ce que vous pensez à cet instant précis, vous pensez ras-le-bol, encore une qui va nous pomper l'air par cette chaleur, c'est infernal ! N'ai-je pas raison ? En plus, je suis d'accord avec vous ! C'est infernal ! Normal ! Votre vie est infernale ! Normal ! Si on avait été un peu moins cons, on n'en serait pas là, mais, voyez-vous, on en est là, on est cons, donc c'est infernal, et ce n'est qu'un début, et c'est normal ! » Tout cela est dit avec une telle assurance que certains, malgré eux, prêtent l'oreille. C'est la jeune fille, là, qui cause, elle ne paraît pas si malheureuse pourtant. Mais avec tous ces gens qui ne paraissent pas si malheureux et qui causent comme des malheureux, on n'y comprend plus rien. Avant, il y avait les clochards, point. Maintenant, tu as toute une population bigarrée, ceux qui causent, ceux qui chantent, ceux qui jouent de la musique, ceux qui vendent des trucs, ceux qui sont assis comme toi et moi et qui, toc, vont te demander dix balles sans prévenir... Celle-là, elle n'a pas vraiment l'air comme eux ; mais l'air, qu'est-ce que ça peut bien vouloir dire, de nos jours, l'air, hein ? « Mesdames et messieurs, je voulais vous raconter une histoire véridique, juré craché si je mens je vais en enfer, une histoire tragique qui me fait pleurer rien que d'y penser. Ce matin, mesdames et messieurs, mon père et ma mère sont morts de mort violente. Ils n'en ont pas parlé à la radio. Ils ont juste parlé de la climatisation des grands magasins qui devient folle et pleine de microbes meurtriers. Méfiez-vous, mesdames et messieurs, il devient dangereux de vouloir consommer ! Les grands magasins tuent, qu'on se le dise ! Ils n'ont pas parlé de mes parents à la radio. Ils n'ont pas parlé de mon père, de feu mon pauvre père qui a passé sa vie à essayer de réunir les fameux deux bouts. Mon père était un artiste, mesdames et messieurs, mon père était peintre, c'était un artiste, un vrai, un de ceux qui n'ont pas vendu une toile de leur vivant et dont il ne reste rien après leur mort ! Mon père était un maudit fauché pour l'éternité. Pas un de ceux qui se coupent une oreille pour se donner un genre posthume. Non ! Mon père peignait depuis des années tous ses tableaux sur la même toile. Je me souviens, il me disait regarde, Fatale, ma beauté, regarde ce tableau que je viens d'achever et que personne ne verra, regarde avant que je le recouvre. Je m'appelle Fatale, mesdames et messieurs, c'est mon père qui m'a donné ce nom. Alors je regardais. Le tableau représentait toujours une pièce vide avec de grandes fenêtres avec la lumière qui passait par les carreaux ; toujours la même pièce vide et toujours à différentes heures de la journée ; tantôt ça donnait une pièce pleine d'espoir tantôt une pièce mélancolique tantôt une pièce qui avait l'air d'attendre... Mon père s'est tiré une balle dans la tête ce matin, mesdames et messieurs, il n'avait même plus de quoi peindre, plus un tube, plus rien. Il a balancé le dernier tableau commencé par la fenêtre, a embrassé ma mère, a saisi le revolver et ne s'est pas raté. Alors, solennellement, ma mère m'a embrassée, m'a dit occupe-toi bien de tes frères, a saisi le revolver et ne s'est pas ratée. Voilà, mesdames et messieurs, l'horreur extrême dans laquelle je vaque ! Voilà, mesdames et messieurs, voilà pourquoi j'ai pris des chaussures trop grandes à mon pied ! Je cours depuis ce matin, mesdames et messieurs, parce que mes frères ont faim. Imaginez, dix frères affamés qui n'ont que moi pour les nourrir ! Mesdames et messieurs, je fais appel à votre bon cœur, à votre indulgence, à votre sens artistique, à votre indifférence, à votre fatigue, je fais appel à la chaleur, mesdames et messieurs, donnez-moi du fric ! » Faible remuement parmi les homards. Ça ne tient pas debout son histoire de chaussures, et puis le coup des frères à faire bouffer, on l'a déjà eu quatre stations avant. S'ils se mettent tous à raconter la même chose, on n'est pas sorti de l'auberge. La jeune fille passe, fière, devant les homards. Ses talons claquent. À cause de ses yeux, on lui donne quand même un peu de monnaie. Elle remercie gravement. Jusqu'à la dame du fond qui, baba, la mate. « Dis donc, ma petite Amélie, tu ne crois pas que tu charries un peu ? Quelle tête va faire ton père quand je lui dirai ce que tu racontes dans le métro ? » La jeune fille se fige. Reconnaît le visage de la voisine du dessous, murmure tu ne lui diras rien, vieille morue, tu ne lui diras rien ! crache sur la perruque jaune flapi et sort en quatrième vitesse du métro.

II

La rue Fernando Pessoa est l'une des rues les plus discrètes de notre ville. Vous pourrez demander à cent quidams où elle se trouve, pas un seul, je parie trois pastis, pas un seul ne saura vous répondre. Encore bien heureux si vous ne tombez pas sur quelqu'un pour vous aboyer Pessoa ? Pessoa ? qui c'est ça Pessoa ? ça n'existe pas Pessoa ! C'est un fait, disait ma grand-mère, qu'il ne faut jamais demander aux gens d'en savoir trop.

La rue Fernando Pessoa est un peu en zigzag, comme si elle avait bu. Les immeubles, de chaque côté, sont laids. D'une laideur neutre, presque attachante. Là, on trouve : un cordonnier, un Ed-l'épicier, la boulangerie-pâtisserie de monsieur Salin, une pizzeria – La Mamma –, un bureau de tabac et c'est tout. Entre deux blocs de béton, un square, le square Fernando Pessoa, où l'on peut admirer une espèce de gazon chauve et jaunâtre constellé de crottes fraîches et de crottes sèches, une flaque d'eau gris marron dans laquelle patauge une famille de canards inconscients, trois peupliers exsangues, un marronnier cadavérique, un banc qui s'étiole sous une horde de pigeons agressifs.

Le charme de la rue Fernando Pessoa, c'est peut-être cette lumière particulière qu'on y savoure certains soirs d'automne. Une lumière rose, parfois dorée, une lumière tendre qui lèche les façades. Une lumière qui vous invite au départ – même si vous êtes en train d'extraire laborieusement votre caddie de la porte, qui se bloque une fois sur deux, de chez Ed-l'épicier. Une lumière comme une flèche qui se ficherait entre vos épaules et qui vous propulserait, en un quart de dixième de seconde, de l'autre côté de l'univers.

Au 28 de la rue Fernando Pessoa se dresse une HLM de briques rouges. La loge de la gardienne, au rez-de-chaussée à droite, est bourrée de chats et d'odeurs. À tel point qu'on se demande régulièrement où s'est volatilisée madame Caeiro, une Portugaise comme son nom l'indique. Au 28, le matin, l'entrée est gardée par une chatte siamoise et hautaine qui vous fusille du regard. L'après-midi, un gros chat de gouttière prend la relève. Selon les semaines, il a une oreille arrachée ou une joue déchirée ; il s'appelle Bichon. Les appartements de l'immeuble, sinon, sont peuplés d'êtres humains. Un vieil escalier glissant grimpe jusqu'au dixième étage. Les portes sont fines comme du papier mâché. Là, tout le monde vit avec tout le monde, ce qui, au fond, ne satisfait personne.

Au septième, gauche, porte n° 21, habite la

famille Papadiamantès. Des descendants de descendants de Grecs. Vivent ensemble, depuis de longues années dans un petit deux-pièces, Angélique – la mère –, Ulysse – le fils – et Mercredi – le perroquet. Depuis de longues années, Angélique fait des ménages, est en adoration devant son fils unique et préféré et rumine de mélancoliques pensées. Quand l'ennui devient obsédant et que la télévision du voisin d'en dessous brame trop fort, Mercredi, perché sur le frigidaire, aime déclamer « dirrrre, sacrrrrebleu, dirrrre qu'on s'est acharrrrnés pendant des années pour avoirrrr la location de cet apparrrrtement de misèrrrre ! Quand je pense à ce que nous sommes, nous, Grrrecs, illustrrrrissimes Papadiamantès, nous, la famille la plus rrrriche, la plus noble, la plus ancienne d'Arrrrgolide, nous qui venons en drrrroite ligne dirrrrecte du grrrrand Agamemnon, du grrrrand… » « Ta gueule, bestiole à la con ! » hurle régulièrement le pékin d'à côté en boxant la cloison qui gémit. « What a plouc ! » continue imperturbablement le volatile. « Dirrrre que nous vivons au milieu d'incultes, d'analphabètes, de pauvrrrres crrrréatures… » « Tais-toi Mercredi », s'énerve Ulysse, « on va encore avoir des ennuis à cause de toi ! » Vexé, l'animal saute sur la table et se drape dans une toge de silence qui repose tout le monde. En dessous, la télé continue d'éructer les informations du jour : « Particulièrement alléchant, sinistrement horrible, mesdames et messieurs, dans notre ville, la cavale de deux jeunes garçons de dix-sept et dix-huit ans qui ont, en un seul après-midi, brûlé les pieds, haché menu les doigts, torturé et mis à mort trois personnes, dévalisé et vandalisé deux bijouteries, fait monter de force dans leur voiture et violé une pauvre femme de soixante-sept ans qui passait par là et qui, choquée par l'agression, a été conduite d'urgence à l'hôpital. La police, heureusement, a procédé à l'arrestation de ces deux jeunes monstres qui ont simplement déclaré c'était super, on s'en fout, mort aux vieux… » « Tu as entendu, maman, tu as entendu ? » s'exclame Ulysse. Angélique soupire « mon pauvre Ulysse, dans quel monde vivons-nous ? Si maintenant même les vieilles se font violer dans la rue… Ah ! si nous étions restés en Grèce, si nous n'avions pas quitté notre chère patrie. Soixante-sept ans ! La pauvre femme !… » « Moi je dis les pauvrrrres garrrrçons ! » s'ébroue Mercredi. « Mercredi ! Assez ! » s'énerve Ulysse.

C'est l'angélus du soir. Une odeur généralisée de friture, d'ail et d'oignons rissolés, grimpe aux rideaux. On met les tables, on installe les couverts, on sort le pain congelé décongelé, le kil de rouge chambré à 40°, le sel, le poivre, le pot d'Amora molle. On pousse les chaises, on se pose enfin. Partout, la télé, notre mère qui êtes sur terre, est branchée et répand son sirop anesthésiant. Chez les Papadiamantès, Angélique a préparé amoureusement une moussaka pour son Ulysse. « Mange, mon petit, mange. La moussaka d'Angélique Papadiamantès est la plus riche, la plus savoureuse des moussakas. Mange, tu as besoin de forces. Mange, avec tout ce que tu vas devoir affronter dans la vie, mange, mon fils, ma gloire, ma beauté ! » Angélique, comme chaque soir, regarde son fils avec les yeux de l'idolâtre en extase. L'idole, modeste, mâche. L'idole est jeune et maigre, malgré la moussaka. L'idole est très myope et porte d'épais carreaux qui font de ses yeux deux drôles de billes bleu-vert. Le journal de vingt heures s'achève, les pubs commencent. « Maman, c'est décidé », annonce Ulysse, « j'ai commencé ce matin, je serai écrivain. » « Écrivain ! Ulysse Papadiamantès ! Le nouvel Homère ! Le plus grand génie de tous les temps ! Ulysse ! Mon petit Ulysse ! On verra tes œuvres reliées en vrai cuir, comme le livre qu'il y avait chez grand-père. On les verra dans les kiosques, dans les bureaux de tabac, dans les Monoprix, chez Leclerc, dans le métro, dans les pompes à essence sur l'autoroute et même dans les librairies ! Des romans, mon fils, tu écriras d'inoubliables romans d'amour ! On t'entendra à la radio ! On te verra à la télé ! Toutes les femmes seront folles de toi ! Toutes, tu m'entends, toutes se pendront à ton cou ! Les femmes aiment les écrivains. Toutes se damneront pour un regard ! Un seul petit regard ! Écrivain ! Ulysse Papadiamantès ! Après tes premiers succès, tu entreras à l'Académie. Tu seras Immortel, mon fils. Tu auras le Nobel, mon fils. Reconnaissant, le président te nommera chevalier de la Légion d'honneur. On te dressera une statue, une rue portera ton nom. Non, une rue ce n'est pas assez ; un boulevard, un centre commercial, un stade porteront le nom illustre d'Ulysse Papadiamantès ! Mange, reprends de la moussaka, mange, mon petit, la création creuse... »

Ainsi réagissait, à chaque propos de son fils, Angélique Papadiamantès, admirable parangon d'amour maternel. Ainsi le voyait-elle nouveau Beethoven, nouveau Bonaparte, nouveau James Dean, nouvel Einstein, nouvel Homère... pourvu qu'avec application il ingérât la royale et magique moussaka. Pour lui faire plaisir et parce qu'il avait compris que sa mère avait besoin de rêves, Ulysse, chaque semaine, prenait une décision radicale, envisageait un autre avenir exceptionnel, empli de mille promesses juteuses et extravagantes. Alors, les yeux d'Angélique Papadiamantès s'éveillaient. Ses beaux yeux noirs s'ourlaient de bleu. Et, dans cette rêverie sans fin, Ulysse racontait que, quand il serait célèbre, ils habiteraient tous les deux, avec Mercredi, une maison grande comme l'Acropole, une maison blanche et claire où il ferait bon vivre l'été, où il n'y aurait pas de voisin à télé, pas d'odeurs pauvres, pas d'escalier glissant ; une maison grande comme une trirème, une villa de marbre antique avec un jardin empli de fleurs rares, bordé d'arbres centenaires où l'ombre serait généreuse ; et là, les journées passeraient, comme ça, à ne rien faire, parce que ce serait une espèce de paradis sur terre – un paradis grec bien sûr, pareille merveille ne peut exister qu'en Hellade. Angélique souriait, les deux coudes sur la table. Les discours de son fils la charmaient et, pour lui faire plaisir, Ulysse parlait pendant des heures. Attendri, il regardait le visage de sa mère et voyait, dans ses larges yeux constellés de points d'or, une mer immense où fuyaient les galères...

III

Elle sort des vécés publics, son sac Tati à la main. Elle a mis son jean délavé troué aux fesses, un polo tatoué Alien 3 et ses baskets bleues. On atteint les 43°. C'est Hiroshima ! dit-elle en regardant le ciel sans nuage qui est d'une subtile couleur jaune gris noir. Keskonspran ! Une espèce de croûte de chose avariée diluée flotte par-dessus les toits. La ville reste silencieuse. On dirait que les immeubles se sont tassés sur eux-mêmes, que le béton essaie de se faire le plus petit possible. L'eau ne coule plus dans les fontaines. Les poubelles rendent l'âme sur les trottoirs. Les agents de la circulation ont disparu. La circulation elle-même a disparu. Tout s'est arrêté. Un soleil blanc brûle la terre qui se rétracte. Une voiture oubliée fond sur un parking vide écrasé par la fournaise. Midi sonne au clocher voisin. Ça y est ! je vais encore être en retard, quelle idée de toujours bouffer à midi !

La rue Longue est à cinq minutes. Elle ralentit le pas. Compte les dalles du trottoir. Décrypte avec attention les derniers graffitis du jour. L'air, lourd, devient irrespirable. Les yeux picotent. L'interphone de l'immeuble, brisé, gît sur la chaussée. L'entrée, ouverte aux quatre vents, sert depuis quelques jours de squat à un basset transpirant et muet. Elle referme discrètement la porte, renifle l'odeur de cuisine, ne répond pas à un « Amélie c'est toi ? » qui vient de la salle de séjour, planque le sac Tati sous le lit de sa chambre et s'assoit, sans mot dire, à table, entre monsieur Pompon et madame Pompon.

César Pompon est en train de lutter contre une large feuille de salade qui goutte. La feuille résiste vaillamment et riposte en arrosant la chemise rose de l'agresseur de multiples giclées d'huile. La bouche pomponienne, énervée, s'ouvre grand d'un seul coup. On peut voir toutes les dents. Fascinée, Amélie croise les doigts pour que la mâchoire se bloque. Mais non, le four se referme clac sur feu la feuille. Le menton luisant, l'air réjoui, César se précipite presto presto sur le jambon à l'os. Amélie préfère regarder ailleurs. « Alors, Amélie, où étais-tu ? » s'enquiert la voix lasse de madame Pompon. « Par là », répond Amélie. « Tu as vu sur la façade ce qu'ils nous ont encore tagué pendant la nuit ? » Monsieur Pompon crache soudain : « Regarde mon art je te dévoilerai mon sexe ! Débile ! C'est complètement débile ! » « Et ça ne part pas ! » déplore Angèle Pompon, « Madame Sanchez a tout essayé ce matin, c'est indélébile ! » « Débile ! Indélébile ! Ah ! Ah ! Elle est bonne ! » s'esclaffe monsieur Pompon en plongeant de nouveau dans le saladier.

Qu'est-ce qu'ils sont moches, se dit Amélie en zieutant ses géniteurs. Être si vieux et si moches ! Un troupeau d'anges passe. L'appartement des Pompon est propre. Angèle passe ses journées à brosser, récurer. C'est une entreprise gigantesque qui ne lui laisse pas une seconde de répit. D'ailleurs, avec César, ils se répartissent les tâches. Qui l'aspirateur, qui la serpillière. Qui les meubles, qui les fenêtres. Et on recommence tous les deux jours. Et on met des patins parce qu'il ne faut pas salir le parquet qui brille. Et on ferme les volets dès les premières gouttes de pluie parce que ça salit les vitres la pluie. Et comme il pleut quasiment chaque semaine chaque mois chaque année dans cette ville, les Pompon, véritables taupes, vivent dans la pénombre quatre-vingt-dix-neuf jours sur cent. Dès dix heures du matin, on allume les splendides lustres du living – des horreurs à tentacules qui diffusent une lumière orange – et on attend que la pluie s'arrête. Alors, pour passer le temps, on a l'habitude de cirer l'armoire de la chambre, de frotter l'argenterie, de racler frénétiquement la crasse qui ne lâche jamais prise. Depuis le début de la canicule, donc depuis une semaine, la lumière naturelle des beaux jours éclaire l'appartement des Pompon. Les volets, les fenêtres, tout est ouvert – alors que l'ombre, pour une fois, serait la bienvenue. « Vieux, moches et cinglés ! » rumine Amélie en zieutant ses géniteurs.

« Dis donc Amélie », s'exclame soudain César en levant pour la première fois les yeux de son assiette, « Dis donc on a eu la visite de madame Mattieu ce matin qui nous a dit un drôle de truc qu'on s'est demandé si la chaleur ne lui donnait pas des visions qui nous a dit comme ça qu'elle était dans le métro ce matin et qu'elle t'avait vue déguisée comme une bohémienne avec une paire de chaussures d'au moins du 52 une robe avec de la dentelle trouée qui pendait et tout un attirail de 14 juillet et que tu faisais ton numéro et que tu racontais des trucs complètement n'importe quoi du genre que je suis artiste peintre et que je me suis tiré une balle dans la tête et que ta mère itou et que tu as dix frères à faire manger dix ! elle n'arrêtait pas de dire la Mattieu dix ! dix ! vous vous rendez compte dix ! elle en était encore tourneboulée de l'aplomb d'enfer que tu avais dans le métro qu'on aurait dit une professionnelle de la manche et qu'en plus non seulement elle t'avait vue mais que tu avais vu qu'elle t'avait vue et que tranquille tu lui as craché sur la perruque quand elle t'a dit qu'elle nous dirait tout alors je lui ai dit que ce n'était pas possible ça madame Mattieu mon Amélie à moi c'est une Pompon et les Pompon ne crachent pas ça non en tout cas pas sur les perruques elle a failli s'étrangler de rage et m'a brandi son chignon jaune dégueulasse sous le nez en beuglant et ça monsieur Pompon ! c'est quoi ? ça ? hein ? ça ? Madame Mattieu, ça c'est un crachat englué dans de vieux cheveux sales ! parfaitement monsieur Pompon ! parfaitement ! oui mais madame Mattieu rien ne prouve que ce crachat soit un crachat d'Amélie ça peut être un crachat de n'importe qui ce n'est pas ça qui manque aujourd'hui les gens qui crachent et puis je me suis énervé parce qu'elle ne décollait plus et je lui ai dit non mais des fois il faudrait peut-être qu'en plus on le fasse analyser par des experts ! qu'on fasse comme les Américains ! gardez-la un an votre expectoration ! mettez-la sous cloche et faites-nous un procès ! » César Pompon respire un grand coup et Angèle poursuit « pauvre femme ! depuis que son mari l'a quittée, elle a un jour de plus dans la semaine… » « Moi je dis que c'est la chaleur ! Elle a les plombs qui ont fondu ! » reprend César. « Dire qu'ils ont prévu 48° pour cet après-midi. On va rire. Dieu sait où elle va imaginer rencontrer notre Amélie ! » Notre Amélie, furieuse contre la Mattieu, ne pipe pas.

Voici les heures brûlantes. Ils l'ont annoncé. Ce sera un été encore pire que les autres. Un été crématoire. Voici venir les temps catastrophiques, cataclysmiques et cataleptiques. Monsieur Pompon prend un journal et s'allonge sur le canapé du salon pour sa sieste quotidienne ; madame Pompon, dans la cuisine, écoute l'intégrale des nocturnes de Chopin sur Radio Classique ; Amélie Pompon s'enferme dans sa chambre. La terre tourne lentement sur elle-même.

« Cher journal, écrit la main alerte de Fatale, c'est trop de retenue, il est temps que j'éclate !

Comme on est malheureux quand on a dix-sept ans ! Oh ! Songes flottants accordés au vol bas d'oiseaux las...

« C'est l'heure pathétique : dans la cuisine lustrée, ma mère aux yeux de génisse se morfond en écoutant les mélodies dormitives composées jadis par un quidam qui devait se morfondre et qui, pour tuer le temps qui a la vie si dure, triturait le solfège de façon bien soporifique. Et dans le salon ciré, mon père aux cheveux rares se morfond et ronfle comme un porc. Et la sinistre madame Mattieu se morfond et radote et moisit. Et la ville, sur laquelle un ciel bas et lourd pèse comme un couvercle, se morfond. Dans l'interminable ennui de cette journée qui me navre, ô triste, triste est mon âme...

« Cher stylobille à la pointe pointue, svelte fontaine de mots choisis, raconte l'homme aux mille ruses qui me confondit par ses paroles ailées, à l'heure où la chaleur s'étale autour des pieds des voyageurs. Il y avait beaucoup de monde dans ce wagon de la ligne 20 comme je m'apprêtais à servir mon discours préféré – le n° 4 : mon père tué dans un attentat et ma mère devenue folle depuis ce jour funeste. Midi. On était serré. Des jeunes, des vieux, des femmes, des chômeurs. Il portait des culottes, des bottes de moto, un blouson de cuir et un cou mélancolique. Il a souri en m'écoutant puis s'est mis à débiter l'étrange tirade que voici :

ma petite la vie n'est pas ce que tu penses loin de là et contrairement à ce que tu penses tes vieux

34

tu les as choisis à une époque tu ne t'en souviens plus et pour cause à une époque où tu gravitais dans l'espace comme la lune se balade autour de la terre et à un moment tu as repéré tes vieux ceux que tu as choisis pendant qu'ils faisaient l'amour et pof tu as sauté dans l'utérus de ta mère et pof ton histoire la vie ta vie a pu commencer ! Ma petite ta vie n'est pas ce que tu penses et si tu as choisi ceux que tu as choisis il y a une raison ! Ton existence aujourd'hui est la conséquence logique de tes vies d'avant et ça fait des millénaires peut-être que tu baguenaudes dans le cosmos et que tu passes d'un utérus à un autre d'une vie à une autre et tu as peut-être été Néfertiti et peut-être l'Héloïse d'Abélard et peut-être des tas de personnes et ce n'est pas fini ma petite la vie n'est pas ce que tu penses loin de là !

« Ainsi glossolalisait le cou mélancolique et, glossolalisant, ce fut comme un éblouissement. Je vis mon âme errante voler et tourner autour de la planète. Je reconnus la terre, avec ses bruits et ses fêtes, la terre, riche et magnifique, dont je m'éloignais, la terre, d'où les musiques de la vie me parvenaient en un lointain murmure.

« Quelle découverte alors voilà qui traumatise ! Moi, en être réduite à avoir choisi l'utérus d'Angèle Pompon ! Catastrophe ! Cataplasme ! Cataracte ! Ô toi qui vois la honte où je suis descendue, Implacable Destin, suis-je assez confondue ?

« Le cou mélancolique perçut mon désarroi, sourit l'air entendu. Dans le wagon surchauffé, on était toujours entassé. Silencieuse et préoccupée par ce que je venais d'entendre, j'ai rassemblé mes affaires pour me précipiter hors de sa vue. Peu après, alors que je changeais de déguisement, je découvris que l'immonde, en plus, avait subtilisé mon pécule.

« Cher journal, il faut payer, c'est certain. On n'est pas Pompon pour rien. Dans mon âme d'hier résonne un tambour d'argent. Mes vies antérieures auront été trop exaltantes, trop aventureuses, trop poétiques. Des vraies vies de rêve…

« Cher journal, au nom de ces merveilleux et obscurs souvenirs, et puisque seule la guerre peut me sauver d'un mortel ennui, je reprends mes anciens titres de noblesse. Je signerai désormais mes actes de mon plus beau nom de scène. Je signerai Fatale. »

IV

Une énorme mouche zone en zinzinulant autour du maous canapé en cuir qui craque et sur lequel César ronfle comme un Turc. La mouche est complètement sonnée. Son vol, au fil des minutes, devient de plus en plus laborieux. On dirait qu'il y a des trous d'air dans la pièce. La mouche manque de s'écraser deux fois. Même son zzzzz se fait hésitant. Le ronflement de César, lui, est à son acmé. Ça n'a même plus rien d'humain. Ça emplit la pièce, ça soulève les rideaux, ça dégoûte la mouche, ça couvre le Nocturne n° 12 in G-Dur en sol qui essaie désespérément d'en placer une dans la pièce à côté, ça sort dans la rue, ça agresse l'air plutôt tranquille de cet après-midi de juillet, ça s'élève, ça monte, ça monte, ça provoque une série de secousses sismiques dans la croûte de chose avariée diluée qui stagne au-dessus de la ville, ça va même encore plus haut, ça grimpe jusqu'à la troposphère, jusqu'à la stratosphère, jusqu'à la mésosphère. Pendant ce temps, sourd et heureux, César rêve qu'il est un joli petit papillon rouge qui lutine une perruque bleue.

Angèle, dans la cuisine, écoute avec émotion le Nocturne n° 12 couvert par le vrombissement hallucinant qui vient du canapé en cuir qui craque à côté. La touffeur est étourdissante. Angèle lutte pour ne pas fermer les yeux. Elle a horreur de dormir dans la journée. Elle a horreur de se laisser aller. Et puis, il y a toujours un peu de ménage en retard. Mais le nocturne la rend toute chose. Elle pense au compositeur. Elle revoit son portrait sur la pochette au rayon disques à Hyper-U ; le visage fin fragile et tourmenté qui l'avait frappée, le regard pénétrant qui ne ressemble pas du tout à celui de madame Mattieu. Le nocturne lui fait de langoureux zigouzis. Comme il devait être triste ce compositeur. Pour écrire quelque chose d'aussi émouvant, sûr qu'il faut avoir souffert. Sûr qu'il devait être sensible cet homme. Sûr qu'il ne devait pas ronfler comme César. Ce n'est pas possible d'écrire quelque chose comme ça et de ronfler comme ça. Comme il devait être séduisant ce triste, ce sensible artiste. De toute façon César ne comprend rien à la musique et aux sentiments. Les yeux d'Angèle clignotent. La mélodie l'embarque malgré elle. Ses paupières se ferment enfin. Puis le visage de madame Pompon, pris dans les rais suaves d'une musique romantique, s'enlise avec jouissance dans un premier sommeil.

À part la mouche, rien ne bouge chez les Pompon. Dans le rêve, le papillon rouge vient de se transformer en César qui a chaussé des échasses hautes de dix mètres et qui, pris de vertige à pareille altitude, reconnaît soudain au loin la silhouette de madame Mattieu qui enfle, enfle, enfle comme un énorme champignon extrêmement vénéneux et extrêmement menaçant. Dans le rêve, le compositeur au visage mièvre de saint Sébastien est en train de déshabiller Angèle qui trouve à ses mains le goût exquis des tartes au chocolat ; le visage inspiré et douloureux plonge avec délectation entre les gros seins pendant que les mains chocolatées commencent une minutieuse et longue exploration de l'anatomie d'Angèle qui, dans la cuisine, se met à pousser de drôles de gémissements. Il est quinze heures. La ville ne s'est toujours pas éveillée. C'est peut-être râpé pour aujourd'hui. La mouche, exsangue, perd les pédales et entame une descente en piqué qui s'achève dans la bouche grande ouverte de César dont le ronflement s'arrête net pour se transformer en un hoquet effroyable alors qu'il venait de décapiter le champignon vénéneux qui l'empêchait de respirer mais un morceau du pédicule lui a sauté à la gorge et s'agite au fond de son œsophage, il va en crever, il faut qu'il crache sinon il va en crever. Dans la cuisine, les gémissements deviennent profonds. Le visage d'Angèle s'ouvre, oh oui, lorsqu'un bruit tonitruant de tuyauterie problématique coupe l'élan du saint Sébastien qui murmure Angèle j'aimerais tant te baiser mais ce bruit, là, ce n'est pas possible, pareille horreur sonore me paralyse. De dépit, Angèle ouvre les yeux pour voir d'où ça vient et, déconfite, com-

39

prend que c'est César, à côté, qui est en train de sonner l'hallali. Chagrine, madame Pompon se précipite au secours du malheureux qui s'étouffe. Mais César a expulsé la mouche et recommence à respirer. « Mon pauvre ami, mon pauvre ami, tu faisais un de ces raffuts ! » soupire Angèle. « J'ai rêvé de la Mattieu, ça m'a porté la poisse ! » marmonne César. « C'est encore à cause d'Amélie. Tiens, elle est passée où celle-là ? »

Celle-là s'est éclipsée depuis belle lurette. S'ils ne s'étaient pas réfugiés dans les bras de Morphée, monsieur et madame Pompon auraient pu voir la silhouette de celle-là contourner le canapé et filer à l'anglaise. Dehors, le macadam transpire à grosses cloques. Un silence pesant couve. La chaleur attaque tous azimuts. Les postes de télévision implosent. Foudroyé par une insolation, un métro tombe en panne entre deux stations ; à l'intérieur de la rame, les êtres humains, hébétés, tournent de l'œil et tombent tombent tombent. Car la ville, lentement, se dérègle et se disloque.

« Cher journal, quel ennui me dévore ? Ô stylobille à la pointe pointue, fidèle chameau de mes exploits orthographiques, voici les horribles et funestes vacances. Voici les journées allergiques pendant lesquelles ils sont encore plus laids, plus exaspérants, plus désespérés. Une fois reposé, l'humain tourne dans sa cage comme le lapin dans son terrier. Une fois reposé, l'humain s'ennuie et

retrouve enfin avec soulagement ses précieux res-
sentiments.

« Cher journal, je ne suis pas née de la dernière
pluie et depuis longtemps j'ai choisi mon parti.
Ma haine sur autrui tombera tout entière. Sur
mon père, sur ma mère, sur mon grand-père, sur
ma grand-mère, sur ma cousine, sur mon cousin,
sur ma voisine, sur mon voisin, sur la rue, sur le
quartier, sur la ville, sur la terre, sur l'eau, sur
l'air, sur le feu, sur ce qui existe, sur ce qui n'existe
pas encore et qui n'existe plus du tout, sur tout ce
qui remue le moindre petit petit doigt ! Sur tout
cela ma haine brûlante bondira dévorante. La
vraie et unique vertu est de haïr !

« J'abhorre, exècre, honnis, déteste, répulse…
Et mon stylobille à la pointe pointue, digne cour-
sier de mes rêves les plus rocambolesques, trace
ces mots avec délectation. »

Rue Longue, Angèle et César Pompon ne se font
pas de bile. D'abord, il fait trop chaud. Ensuite,
c'est les vacances. Et pendant les vacances comme,
d'ailleurs, pendant le reste de l'année, monsieur et
madame Pompon vivent dans leur cocon. César
respire à grandes goulées. Angèle, un peu énervée,
s'est assise à côté de lui. Le salon cuit à feu doux,
la peau colle au canapé maous. « Ben dis donc,
Angèle, si ça continue comme ça, on va tous devenir fous ! » murmure César. Angèle ne réagit même
pas. « Eh ben, eh ben dis donc ! » poursuit César,

41

« Moi, je suis mort, eh ben dis donc ! » Angèle se traîne vers la télécommande et presse sur *on*. À l'écran, deux corps nus s'emmêlent les pinceaux et râlent de plaisir. César fronce les sourcils, Angèle mate et pense à Chopin. En plein orgasme, arrêt du film pour une pause publicitaire. Les Pompon peuvent alors observer une femme qui lèche longuement un cône chocolaté glacé. Le film reprend, les râles aussi. Elle est blonde, il est brun. Elle est belle, il est beau. Tout les sépare mais ils vont se battre contre la terre entière pour imposer leur amour et ils y arriveront et après ça s'arrête parce qu'on s'en fout. C'est le flash, le fameux flash ; le présentateur, l'air extrêmement pénétré, ânonne la prière du jour : « Particulièrement alléchant, sinistrement horrible, mesdames et messieurs, dans notre ville, la cavale de trois jeunes garçons et d'une jeune fille de dix-sept et dix-huit ans qui ont, en un seul après-midi, mordu jusqu'au sang, coupé les oreilles, torturé et mis à mort quatre retraités, dévalisé et vandalisé deux MacDo, fait monter de force dans leur voiture et sodomisé une pauvre chienne qui passait par là et qui, sous le choc, a été conduite d'urgence à l'hôpital. La police, heureusement, a procédé à l'arrestation des trois garçons qui ont simplement déclaré c'était super, on s'en fout, mort aux vieux… La jeune fille court toujours. » « Pauvre monde ! Pauvre monde ! », gémit Angèle, « si on se met à sodomiser les chiennes ! Mais où va-t-on ? » « Encore des jeunes », grogne César, « toujours des jeunes, on devrait te les… »

Extrêmement grave, le présentateur, transpirant à grosses gouttes, poursuit : « Particulièrement inquiétant, sinistrement préoccupant, mesdames et messieurs, dans notre ville, la vague de chaleur, aujourd'hui, a atteint des records et a déjà fait cinq morts et une trentaine de blessés. Il s'agit principalement de vieilles personnes, de Sans-Domicile-Fixe et de bébés. Demain, ce sera pire, mesdames et messieurs, du vraiment grave. Il est recommandé d'être vigilant et de ne pas sortir sans son casque, son masque à gaz et sa combinaison de plongée. » « Ils disent n'importe quoi ! Il est malade, ce présentateur ! Regarde comme il est violet ! » s'exclame César. Extrêmement conges-tionné, le présentateur poursuit : « Dans le reste du monde, mesdames et messieurs, en bref : trois cents morts en Algérie ; un tremblement de terre au Japon ; un raz de marée en Californie ; un attentat meurtrier à Tel-Aviv ; de nouveaux massacres au Rwanda ; un Boeing de la TWA a plongé, avec deux cent cinquante passagers, au large des Ber-mudes, il n'y a aucun survivant ; mesdames et messieurs, ce sera tout pour aujourd'hui ! Nous vous souhaitons une excellente soirée ! » « Misère de nous ! » souffle Angèle, « jusqu'où irons-nous comme ça ? » « Ne te fais pas de bile ! » répond César, « C'est des conneries tout ça. Des conneries et des mensonges. On nous manipule ! Moi, ça me donne soif ! C'est l'heure de l'apéro, non ? Mais où est donc Amélie ? »

V

Sur les dalles de béton, les patineurs évoluent avec grâce. Des bornes ont été placées à intervalles réguliers et, autour, les corps glissent et virent et voltent. Ils ont des cheveux longs jusqu'aux reins, ils ont le crâne rasé, ils sont torse nu, ils sont en short moulant. La chaleur ne les atteint pas. Ils sont shootés. Un énorme magnéto, par terre, diffuse une musique qui vous ébranle la tripe en cadence. Autour, les badauds s'attardent et commentent. « T'as vu suilà, on dirait Tarzan ! Il lui manque plus que le pagne ! » « Moi, j'préfère la boule à zéro, t'as vu les pectoraux ? » « Et l'autre, là, en short avec la raie dans les fesses, ça serait pas un homo ? Ça serait pas qui draguerait des fois ? » « N'empêche qu'il rolle top le mec. Regarde ce qu'il va faire. Ouaouhhh ! » On supporterait presque la chaleur. Pendant quelques minutes, on est tout yeux pour ces athlètes qui s'excitent sur des roulettes. Pour varier les plaisirs, ils viennent de placer un énorme échafaudage en plein milieu et c'est à qui bondira par-dessus. Le ballet s'organise et chacun, sans hésiter, s'élance sur la piste. Dans la boîte à musique, conga, bonga, darbuka et karkabu s'emballent au rythme des improvisations du grand Abdelmadjid Guem Guem. En un mot, mesdames et messieurs, ça commence à chauffer lorsqu'un cri qui paralyse fige soudain l'assemblée. Ça vient de l'esplanade, un peu plus loin, et ça recommence trois fois lorsqu'une énorme silhouette à roulettes déboule. Les rollermen ont compris depuis longtemps et se garent. La silhouette a finalement quelque chose d'assez animal. Yatak ! Yatak ! Haaa ! hurle le bipède. C'est à reculons que l'être sidérant fait un triple saut périlleux un mètre au-dessus de l'échafaudage de la mort et retombe sur ses pattes. Épatée, la foule applaudit. Yatak ! Yatak ! Haaa ! éructe l'immense en souriant.

Amélie en est tout ébaubie. Ses cheveux se dressent sur sa tête, elle a la chair de poule, ses jambes font tchactchac. Sur la piste, solitaire insouciant provoquant, le corps commence une danse ensorcelante. C'est encore plus beau qu'à la télé. Le public est sous le charme. Fier, le jeune homme a la beauté du torero qui voit foncer sur lui le plus gros taureau de la feria. Agiles, les bras et les jambes tourbillonnent, ondulent, caracolent, swinguent et font leur numéro. Un homme illumine le centre de l'arène. Ses pieds frappent le sol et son corps se tend enfin en un ultime et tragique flamenco. Amélie, éblouie, n'en peut plus et jette sa chaussure gauche en hurlant olé ! ay ! olé ! ay ! ay ! ay !

« Mais ça va pas ? » s'insurge un vulgus à côté d'elle, « lancer sa grolle comme ça ! Mais ça va pas ?! » Fatale foudroie le vulgus du regard lorsque la créature dansante s'approche la chaussure à la main et demande à Fatale si c'est à elle la pompe ce à quoi elle répond que oui ce à quoi il lui sourit ce à quoi elle se sent toute chose ce à quoi il dit c'est gentil d'avoir jeté ta bata à mes pieds ce à quoi elle dit non ce à quoi il répond qu'il n'est pas bon pour la causerie ce à quoi elle répond qu'on ne peut pas tout avoir ce à quoi il fait ha ha ce à quoi elle fait ho ho ce qui fait ricaner le vulgus d'à côté qui se prend aussitôt la main de la créature dansante dans la figure qui perd trois dents et devient toute bleue ce à quoi Fatale sourit et dit on va peut-être pouvoir s'entendre ce à quoi il ne répond pas et dit jmecasse.

« C'est qui ce mec ? » demande Fatale à un des rollers qui fait la pause. « Attila qu'il s'appelle. » « Attila ! » « Ouais, c'est le nom d'un mec que là où il passait l'herbe repoussait plus, tu vois le genre. » « Et il crèche où Attila ? » « Ah ça je sais pas mais ce que je sais c'est qu'il revient ici tous les après-midi faire son triple saut périlleux arrière pour nous faire chier. »

Fatale remet sa godasse et s'éloigne. Cet Attila-là fera parfaitement l'affaire, rumine-t-elle, c'est pile ce qu'il me faut ! Une seule petite baffe et l'autre a perdu trois dents ! Avec ça, sûr qu'il n'a pas inventé le fil à couper le beurre, sûr que ce n'est pas un intello. Pile ce qu'il me faut ! Fatale, l'heure H est enfin arrivée, ce jour est un jour de chance, tu as trouvé ta première recrue !

La jeune fille poursuit sa longue marche sans but, traverse des places, longe des allées, ignore de splendides façades, tire la langue aux statues, marche, se perd, trouve le fleuve qui a le teint d'un hépatique. L'eau, visqueuse, s'est figée. Sur le pont, Fatale observe un énorme bateau noir menaçant qui avance avance et glisse entre ses jambes. Elle se met à rire et regarde la ville avachie ; ma vieille, à nous deux ! murmure-t-elle, on va voir ce qu'on va voir ! Elle s'éloigne encore, se perd encore dans le labyrinthe urbain. C'est une journée d'été sur la planète terre, les heures s'étirent avec paresse, les êtres humains ont capitulé. Le silence prend possession des lieux. Un silence rouge qui met Fatale en joie. Fatale, dont les chaussures marquent de leur empreinte le macadam mou. Fatale, dont le talon droit se détache soudain pour rester englué dans le goudron. Merdum ! s'indigne-t-elle en touillant la gadoue pour récupérer son bien. Heureusement que je les ai volées ces godasses ! Le talon résiste. Fatale, d'un coup lassée, repère un square, là, à deux pas, et se dirige, en claudiquant, vers le premier banc venu.

Le banc est consternant, couvert de fientes de pigeons. Elle arrive à poser sa fesse droite tout au bord et ferme les yeux pendant quelques secondes. Elle a horreur des talons qui lâchent. Des pompes qu'elle a depuis une semaine ! Et déjà un talon en moins ! Elle est en train de maudire le magasin où elle a pu commettre ce larcin lorsqu'une voix hargneuse la fait sursauter. « Tu n'es pas d'ici, toi, qu'est-ce que tu fais surrrr mon banc ? » Perché sur le dossier, à quelques centimètres d'elle, un perroquet la toise. « Ce n'est pas ton banc, d'abord ; je me repose, j'ai perdu un talon et je suis fatiguée. » « Perrrrdu un talon ? Bigrrrre ! » continue le volatile en se penchant vers elle. « Tu as une drrrrôle de tête, toi ! Tu n'as pas l'airrrr commode ! Ouh la la ! Qu'est-ce que tu fais ici ? » « Et ta sœur ? Je t'en pose des questions ? » « Quelle agrrrressivité ! Je ne suis qu'un perrrroquet qui veut fairrrre la converrrrsation ! Je ne vais pas te violer ! Brrrr ! » L'animal, vexé, hausse les épaules et se tait. Quelques secondes passent. « Comment se fait-il que tu as perrrrdu un talon ? » « Mercredi ! » appelle une voix masculine. « Je m'appelle Merrrrcrrrredi, poursuit la volaille, et celui qui crrrroit êtrrrre mon maîtrrrre s'appelle Ulysse Papadiamantès. » « Mercredi ! » répète la voix, « on t'entend à dix mètres et, franchement, on pourrait s'en passer ! » Le perroquet, indigné, se drape dans une toge de silence qui repose tout le monde.

Ulysse regarde alors Fatale. Ses yeux bleu-vert, derrière leurs énormes carreaux, ont l'air tout étonné. Puis disparaissent avec lenteur le square, les immeubles autour, la rue, le quartier, la ville, le pays, le continent, le monde entier. Des yeux bleu-vert regardent avec attention des yeux noirs. Et, entre ces quatre yeux, il y a un courant électrique dément qui passe, courant qui fait cha cha cha dou woua, que la température ambiante grimpe à 70, que Mercredi n'en croit pas ses plumes et, entre ces quatre yeux, il y a un calme extraordinaire, comme quand on découvre qu'avant c'était avant et que maintenant c'est après et que ce ne sera plus jamais comme avant, un calme comme devant l'infini ou des choses biscornues de ce genre. Et ça dure des minutes et des dizaines de minutes et Mercredi, tout remué, crécelle « ben quand même, vous n'allez pas rrrrester collés ? » Mais Ulysse n'entend rien. Strictement rien. Juste le rythme du sang qui fait pschiut pschiut dans les veines et dans les oreilles. Et Ulysse se met à trembler. Et autour de Fatale, il y a des étincelles d'argent, des éclairs et du brouillard. Et tout ce tintouin la rend presque irréelle, comme est irréel ce mouvement lent qu'elle esquisse pour se lever. Irréels ces quelques pas qui la conduisent hors du square. Irréelle la silhouette qui s'éloigne – véritable rêve qui vire soudain au cauchemar.

Alors, l'un après l'autre, réapparaissent par ordre d'entrée sur scène, le monde entier, le continent, le pays, la ville, le quartier, la rue, les immeubles autour et le square. Ulysse, égaré, essaie de respirer et ressent aussitôt une douleur intérieure qui le rend tout blanc. Ay ! gémit-il, ay ! Mercredi s'ébroue et soupire avec soulagement « elle est parrrrtie sans laisser d'adrrrresse. » Ulysse regarde l'animal comme s'il le voyait pour la première fois et se précipite soudain dans la rue. Déserte, comme il se doit. « Ce n'est pas vrai ! Ce n'est pas vrai ! » se lamente-t-il. « Et je ne sais même pas comment elle s'appelle ! Mais qu'est-ce que je suis con ! Ce n'est pas vrai ! Ce n'est pas vrai ! » se lamente-t-il en versant un torrent de larmes. Lorsque Mercredi lui montre le talon fiché dans le goudron. « C'est à la crrrréaturrrre ! Elle s'est assise surrrr le banc parrrrce qu'elle avait perrrrdu son talon. » Ulysse, amoureusement, gratte le macadam amolli et extirpe victorieusement le talon de la bata shoe. « Ce talon mènera à la chaussure, la chaussure au pied, le pied à la personne. Tout espoir n'est pas perdu ! » « C'est sûrrrr qu'il n'y a pas plus rrrrarrrrre qu'une bata. Autant cherrrrcher une aiguille dans une botte de foin ! » « Mercredi, tais-toi ou je te tue ! » hurle Ulysse. « L'amourrrr te rrrrrend déjà fou, mon pauvrrrrre garrrrçon ! » répond l'oiseau des îles qui, perché sur l'épaule d'Ulysse, se prend à contempler la rue Fernando Pessoa – rue vide et muette, dont le charme réside peut-être en cette lumière particulière qu'on y savoure certains soirs d'été. Une lumière comme une flèche qui se ficherait entre vos épaules et qui vous propulserait, en un quart de dixième de seconde, de l'autre côté de l'univers.

VI

L'astre du jour, discrètement, a disparu. L'espèce de croûte de chose avariée diluée, par-dessus
les toits, a viré au mauve violet vieux sang. Puis
au bleu noir. Voici la nuit, désirée depuis l'aube.
Voici l'heure propice où l'on se dit que la température va enfin un peu baisser. Mais non mais non.
Le four est bloqué à 10. Chez les Pompon, Amélie
vient de rentrer. César et Angèle sont devant la
télé et piquent du nez. César est en short, torse
nu. Angèle en chemise de nuit.

« Cher journal, ô jour trois fois heureux ! J'ai
trouvé ma première recrue ! Il est effrayant !
Cet Hercule au front michelangesque, cet acteur
gigantesque, Protée énorme et sans rival, s'appelle
Attila ! Je l'ai vu de mes yeux vu ! Rien n'est merveilleux, étrange, saisissant que ce beau lutteur
aux gestes inimitables. Ô jour trois fois béni ! J'ai
trouvé ma première recrue ! D'un simple revers
de la main gauche – qu'il a grande comme mon

avant-bras – il a brisé la mâchoire d'un inconscient qui ne s'en est pas remis. Je l'ai vu de mes
yeux vu !

« Cher stylobille à la pointe pointue, témoin
bienveillant de mes plus anciens projets, je sens
que nous approchons du but. Attila ne brille pas
par son éloquence et c'est exactement ce qu'il
faut. L'union fera la force comme l'oignon fait
la soupe. Pour mon entreprise, il faut un troisième
larron. Je vais de ce pas m'occuper de l'affaire.
Gare ! Braves gens ! Gare ! Dans quelques heures
Fatale déclare la guerre. Dans quelques heures
commencera le dernier acte de cette tragédie bur-
lesque : celui où l'on ramasse les cadavres à la
pelle ; celui qui voit, sur des ruines et des cendres,
se lever l'Aurore. »

Pleine, rousse et hilare, la lune glisse sur les
toits. Le ciel est noir. On se croirait dans un
immense chaudron luciférien. En dessous, dans
les profondeurs obscures, le feu s'active. Le grand
gril s'organise. La nuit crépite. Et la ville, qui
n'en mène pas large, commence à sentir le roussi.
Ulysse, dans son lit, n'arrive pas à fermer les yeux
et ne sait plus où il habite. Depuis la vision qu'il a
eue dans le square, son rythme cardiaque a bondi
et ça pulse dans son ego qu'on dirait de la techno.
Il se repasse le film huit cent quarante-trois fois.
Il est dans le square. Il s'emmerde un peu pour
tout dire. Il entend Mercredi qui jacasse et dit des

absurdités à une silhouette féminine assise près de lui. Il s'approche pour calmer le volatile et se dirige, donc, vers l'inconnue. Et c'est là. Là. Et c'est là que boum. Il serait incapable de la reconnaître. Il est ébloui. Tout va au ralenti comme quand on repasse le but qui a qualifié l'équipe de France pour la Coupe du monde. Elle doit être belle. Il serait incapable de le dire. Il revoit juste les yeux noirs, brillants, avec les sourcils épais qui se rejoignent. Et les yeux ont fait tchac tchac et ont lancé des confettis, des éclairs, des pétales de roses blanches, des flammes, de la poudre de perlimpinpin, du nectar, de la coke. Et des yeux sans fond l'ont regardé comme on ne l'a jamais regardé. Et, dans ses yeux terrifiants et doux, il a eu envie de plonger, de se rouler, de se mettre tout nu. Dans son lit, Ulysse n'arrive pas à dormir et gigote et se gratte et soupire et gémit keskimariv maman ! La fenêtre est ouverte et, dehors, la lune rousse ronde hilare lui fait signe et, dehors, il entend les chats de la concierge, madame Caeiro, qui font un ramdam, un véritable sabbat d'enfer, et dehors, alors, la nuit devient mystérieuse. « Où peut-elle bien habiter, comment s'appelle-t-elle, comment t'appelles-tu », murmure-t-il en serrant le talon bata dans sa main gauche. Sur le frigidaire, dans la cuisine, Mercredi a un œil fermé un œil ouvert. « Jourrrr maudit jourrrr fatal, il faut prrrrendrrrre garrrrde », marmonne-t-il. « Pauvrrrre Ulysse, pauvrrrre Angélique, cette fille va nous porrrrter la poisse ! » Un œil ouvert, un œil fermé, l'oiseau s'assoupit malgré la pleine lune et s'embarque dans un sommeil agité qui lui donne le mal de mer. Sur le frigidaire, dans une cuisine de la rue Fernando Pessoa, on pourrait voir, si on pouvait le croire, un perroquet fatigué endormi qui commence à tanguer. Signes avant-coureurs d'une crise de somnambulisme. Le perroquet fatigué endormi rêve qu'il est poursuivi – il ne sait pas par quoi. Il prend aussitôt ses jambes à son cou – ce qui est étrange pour un perroquet. Mercredi galope galope dans les rues désertes d'une ville silencieuse. Il entend sa respiration puis il entend le souffle de choses vivantes hostiles juste derrière lui. Terrorisé, Mercredi court court mais regarde quand même histoire de se faire une idée et là, là, son cœur fait boum parce qu'il découvre six énormes dobermans affamés couleur feu qui lui collent au train et Mercredi, vert de trouille, se remet à courir de plus belle et reregarde encore histoire de se refaire une idée et là, là, son cœur refait reboum parce que derrière les six dobermans en feu, menant la cadence et frappant les bestiaux avec un grand fouet, la Sainte Vierge, exactement celle qui est en photo dans la chambre d'Angélique, la Sainte Vierge, les yeux exorbités, toutes voiles dehors, excite les carnivores en chantant on l'aura ! on l'aura ! Chant qui provoque un traumatisme, des électrochocs, une chute du haut du frigidaire ponctuée d'une longue tirade incompréhensible et hurlée de la victime – genre « poifjgzriuvc mdi j ldruql fj sdkj rhaaaaa ! » – qui surprend Angélique et Ulysse qui se précipitent dans la cuisine. « Ça faisait longtemps qu'il ne nous avait pas fait de crise ! » remarque Angélique en observant le perroquet hagard, plus mort que vif, caché sous la poubelle. « Mercredi ! » ordonne Ulysse, « Mercredi ! réveille-toi, ce n'est qu'un rêve ! » Mercredi n'entend pas, se dresse lentement, avance avec prudence vers la table de la cuisine, s'allonge dessus et, le couvercle de la poubelle sur la tête, répète plus faiblement « poifjgzriuvc mdi j ldruql fj sdkj rhaaaaa... » « Cet animal est complètement fou ! » soupire Ulysse, « Même à la SPA, ils n'en voudraient pas. » « Ulysse, mon fils, il faut respecter Mercredi ; de la bouche des perroquets sort parfois la vérité, tu le sais », gronde tendrement Angélique. « Si la vérité, c'est ce charabia, on est bien avancés... » murmure le jeune homme. Et c'est à cet instant précis que, affalé sur la table les quatre fers en l'air et la poubelle sur les bajoues, Mercredi, d'une voix théâtrale sépulcrale, prédit « le talon bata apparrrrtient à une chaussurrrre bata qui apparrrrtient à Amélie Pompon qui est la fille de Césarrrr et Angèle Pompon qui habitent rrrrue Longue. Quand tout serrrra trrrrrouvé tout serrrrra perrrrrdu. » « C'est vrai qu'il ne va pas bien du tout », poursuit Angélique en regardant l'animal qui, soulagé, sombre dans le sommeil du juste. Ulysse sourit et ne dit mot.

Voici venir la nuit obscure. La lune s'est éclipsée, les étoiles ont fondu, le ciel est vide. Rue Fernando Pessoa, les chats se sont tus et les humains dorment, plus ou moins silencieusement. Seul, Ulysse veille. À tout hasard, il a noté sur une feuille « Amélie Pompon, rue Longue ». Mercredi a l'habitude de débloquer mais il ne faut négliger aucun signe. Ulysse a l'impression qu'il n'aura plus jamais sommeil, que, d'un coup, sa vie a radicalement changé, que le passé ne vaut plus rien. Une nouvelle fois, il se remémore la scène capitale qui a tout bouleversé. Une nouvelle fois, il fixe les yeux noirs. Des yeux immenses et furieux, des yeux de statue, des yeux qui peuvent déclencher des guerres et des cataclysmes. Mais, derrière la rage, il a bien eu le temps de percevoir la langueur – une langueur qui évoquerait l'apparition de l'aube aux doigts de roses, l'immensité de la mer couleur de vin, le départ joyeux des navires vers l'inconnu, la beauté des paysages les plus anciens et les plus illustres. Dans ces yeux, il s'est senti chez lui. Dans ces yeux, il a trouvé Ithaque.

Voici la longue nuit obscure et brûlante. La ville se recroqueville dans un silence moite. On se croirait sous les tropiques. Mais, hélas, il n'y a pas de jungle, pas de singes farceurs, pas de crocodiles, pas de serpents insinuants, pas de réducteurs de tête. Il y a juste des odeurs. Les poubelles font grève depuis quatre jours. On n'en a pas encore parlé à la télé. Le long des rues, il y a des tas et des tas d'amoncellements de sacs crevés et suintants avec un fumet à tourner de l'œil. A côté des montagnes de détritus, il y a souvent un clodo et un chien. Le clodo, congestionné et ivre, ne sent plus rien depuis longtemps et, de préférence à quatre heures du matin, aime bien s'engueuler avec son chien. Discussion vive dont le contribuable moyen ne saisit rien ; à part qu'il saisit qu'on vient de le réveiller, que sa nuit est finie, qu'il fait au moins quarante degrés, que tout devient insupportable. On est bien patient jusqu'à présent mais quand même. Pensées profondes que le chien du clodo ignore en aboyant longuement. Aboiements qui font ouvrir violemment plusieurs fenêtres. « Pourriez pas aller causer ailleurs ! » accuse un premier quidam. « J'ai la solution moi. Je te tire dans les fesses si tu ne dégages pas dans la minute ! » annonce un second bipède excédé. « Chouette ! » opine une vieille dame, « De l'action ! Enfin de l'action ! » « Quelqu'un a appelé les flics ? » demande un prudent. « Les flics, on s'en tape ! » répond l'homme à la carabine qui tire soudain dans les poubelles – détonation qui allume toutes les fenêtres du quartier.

Mais voici que le noir faiblit et vire au gris. Voici les minutes apaisantes d'entre loup et chien. Voici que s'achève encore une fois, sur notre bonne vieille ville, la lente et misérable nuit obscure.

VII

Elle se retourne pour la centième fois. Il fait déjà bien trop chaud. La masse inerte de César Pompon, à côté d'elle, émet de longs sifflements. Encore une nuit de foutue, pense-t-elle avec lassitude. Encore une nuit blanche, passée à ressasser. L'appartement est silencieux et ce silence aiguise l'angoisse matinale d'Angèle. Malgré la chaleur, des frissons glacés parcourent son échine. Malgré la chaleur, elle aurait presque envie de claquer des dents. Elle se tourne vers la table de nuit et saisit d'une main tremblante la plaquette de cachets. Les cachets du matin devraient la calmer. Ceux du midi devraient la mettre en forme. Ceux du soir, l'endormir. Depuis son opération, depuis qu'on lui a fait la totale comme dit élégamment César, Angèle n'est plus la même. Bizarrement, les premières semaines, elle n'a pas ressenti grand-chose. C'est venu lentement. Sans prévenir. Un jour, en regardant César dévorer sa salade, elle a ressenti un premier et violent dégoût. Puis en nettoyant l'espèce d'objet d'art – un véritable nid à poussière – offert par la belle-mère et qui trône sur le meuble du salon. Puis en allumant la télévision le soir à vingt heures pour le flash. Puis en attendant en vain un mot gentil de sa fille, Amélie. Amélie qui lui ressemble si peu, qui ne parle pas et qui reste mystérieuse. Puis en saluant madame Mattieu qui la regarde toujours avec son air de flic. Puis en allant faire le marché. Puis en restant assise, ou debout, ou couchée. Avec le bruit paniquant des secondes, des minutes, des heures, des jours qui passent et ne reviendront jamais. Comme si l'univers s'était déchiré. Ce qui déclencha, un matin, la première crise d'angoisse. Le médecin l'a aussitôt rassurée. C'était normal, avec l'opération qu'elle venait de subir. Avec les soixante ans pour après-demain. Ce sont toujours des moments difficiles pour une femme. On n'est plus sûre de séduire. On sait qu'on ne pourra plus avoir d'enfant. On est au bout de quelque chose. En un mot, on vieillit, madame Pompon. Vous êtes en train de comprendre : le bon temps est derrière vous et il va falloir mourir. Ce sont des idées qui ne réjouissent généralement que peu de personnes. Vous allez prendre des anti-dépresseurs, des anxiolytiques, des antibiotiques, des anesthésiques, des antiseptiques, des traite-ments de fond, des traitements de surface, je vous prescris des purges, des lavements, des saignées. Est-ce que votre vie vous satisfait ? N'avez-vous pas le sentiment d'un grand vide, d'un épouvan-table échec, d'une insurmontable terreur ? Si ?!

Alors tout est normal ! Chère madame Pompon ! Et avec monsieur Pompon ? Du dégoût ? De l'ennui ? Et plus du tout de tagada ?! Non ?! Chère madame Pompon, rassurez-vous ! Voyez-vous, la maladie est, chez l'être humain, l'état constant, inévitable, rassurant. Les personnes en bonne santé sont des exceptions scandaleuses et choquantes. Heureusement, nous autres médecins veillons au grain. Les yeux d'Angèle ont envie de ne pas lutter contre des flots de larmes incompréhensibles et imminents. C'est un matin d'été noir. César l'ennuie. Sa fille l'ennuie. Sa vie l'ennuie. Elle voudrait avoir la force de tout casser. Mais c'est elle qui est cassée. Et c'est encore plus fatigant depuis que César est à la retraite. Maintenant, ils sont obligés de se supporter tous les deux vingt-quatre heures sur vingt-quatre. Et c'est la bérézina. Son cher époux prend toute la place. Rien qu'en respirant, il bouffe les trois quarts de l'oxygène qu'il y a dans l'appartement. Il est rond, il est rose content, il se répand. Comme si ça ne suffisait pas, il a le don de toujours laisser traîner ses affaires. Par terre, dans la chambre, sa chemise tire-bouchonnée. Elle la ramasse chaque fois, il la laisse retomber chaque fois. Dans l'évier, à la cuisine, elle, elle rince toujours l'éponge et la presse presto presto avant de la ranger au bord à gauche. Lui, il peut la laisser tremper dans une casserole pleine d'eau sale pendant des heures ; si bien qu'elle est obligée de vérifier tout le temps parce qu'une éponge humide se met très vite à puer et que la simple idée de l'odeur d'une éponge qui pue dans la cuisine lui donne de l'asthme. À cause de cette maudite éponge, elle aurait presque des envies de meurtre. Mais si elle lui expliquait, il ne comprendrait rien et la traiterait de malade. Ce qu'elle est. Donc elle se tait. Donc elle se ronge et se défait silencieusement.

Elle extirpe avec précaution la gélule de sa gangue protectrice. Elle a toujours du mal à avaler et est obligée de boire un grand verre d'eau. Elle déglutit péniblement. Elle a envie de rester allongée. Elle a envie de dormir. Mais il va falloir se lever et elle n'arrive jamais à se rendormir le matin. Toute sa vie elle a eu envie de faire ce qu'elle ne pouvait pas faire. Toute sa vie elle s'est fermé sa gueule. Peut-être parce que ses envies n'étaient même pas de vraies envies – plutôt des espèces de désirs vagues qu'elle n'a jamais suivis. Peut-être parce qu'elle avait peur. Qu'elle n'avait pas le courage et qu'elle se disait ma foi, après tout, ce n'est pas si mal tout ça, une famille, un mari, une fille, un appartement. Ça ressemble à la vie des autres, à tout ce qu'on connaît. Comme raisonnement, elle le sait aujourd'hui, on peut difficilement trouver plus con. Toute sa vie, elle a été petite, elle a vu petit, elle a pensé petit. Pas pour rien qu'elle est avec César. Ça n'a rien d'héroïque. En attendant, maintenant, c'est râpé. On ne se refait pas à soixante balais. Maintenant, le jeu est donné et c'est elle la perdante. Maintenant, c'est déjà le passé. Et le passé n'est pas glorieux. Et elles sont peut-être tout un régiment à se dire la même chose en avalant des calmants. Les larmes se mettent à ruisseler sur le drap en coton rose. La ville sort lentement de sa torpeur et s'éveille. Le radio-réveil se met en branle pour que, dès l'aube, le contribuable comateux apprenne que la température, aujourd'hui, va augmenter et que, aujourd'hui, c'est la Saint-Samson et que nous souhaitons bonne fête à tous les Samson de France et de Navarre. César se gratte le ventre en bâillant. Les larmes font une large tache. Angèle ne bouge pas. La tache ressemble au département de la Côte-d'Or. Angèle se souvient soudain de la ville de Dijon et de son premier amoureux qui passait des heures à lui cuisiner des escargots. Les larmes redoublent. Ils étaient excellents ces escargots. César ouvre enfin l'œil, « Angèle ? Tu dors ? Angèle. C'est l'heure. » On se demande bien de quoi, rumine Angèle qui, sans un mot, se lève pour préparer le petit déjeuner.

Comme chaque matin depuis des années, lorsque l'odeur de café commence à flotter dans l'appartement, une petite musique de l'aube fait soudain trembler la porte de la chambre d'Amélie. Angèle n'arrive toujours pas à s'y faire et manque, chaque matin, de faire tomber les bols qu'elle pose précipitamment sur la table. Sainte Vierge, mais comment peut-elle écouter ça ? Comment peut-elle aimer ça ? Ça, paraît-il, ce sont des mecs qui font une musique démente. Ils ont tous des noms à coucher dehors : Roni Size Reprazent,

Zoxea, Shurik'n, Juno Reactor, Hangar Liquide. Et sur ça, César comme elle ont pu le tester, on ne plaisante pas. Donc, dès l'aube, Amélie fout la musique à fond. À tel point que le balai de madame Mattieu, qui frappe frénétiquement en dessous, ne s'entend même pas. Après des mois de négociations serrées, César a obtenu de sa fille qu'elle vienne prendre son petit déjeuner avec le Walkman dans les oreilles et non pas la porte de la chambre ouverte avec le son au maximum pour tout l'immeuble. Ce n'est pas génial comme solution mais c'est moins pire. C'est ainsi qu'Angèle et César voient désormais chaque matin Amélie débarquer, les machins dans les oreilles, gigotant comme une perdue devant son chocolat chaud, piaulant « boom ! boom ! » et faisant des moulinets qu'on se croirait chez les mabouls.

Aujourd'hui, pourtant, après le quart d'heure de violence musicale, Amélie s'est pointée dans la cuisine sans son instrument de torture. Angèle et César n'en reviennent pas. Un silence inhabituel règne autour de la table. « Il va faire chaud », commente soudain César, « ça va être pire qu'hier, ils l'ont dit à la radio, on ne sait pas jusqu'où ça peut aller comme chaleur mais on a pulvérisé tous les records, ils l'ont dit à la radio, jamais, jamais il a fait chaud comme ça aussi longtemps, jamais les gens ont autant souffert, il y a des bébés qui meurent, il y a des vieux qui meurent, du jamais vu, ils l'ont dit à la radio, et ils conseillent de faire très très attention, de rester à l'ombre, de boire de l'eau, de bouger le moins possible, de s'économiser, il paraît qu'aujourd'hui c'est l'alerte pour tout le monde, du méchant, ils l'ont dit à la radio. »

Amélie ne dit mot. La chaleur est déjà accablante. Elle avale d'un trait son bol de chocolat chaud. En face d'elle, sa mère fait une drôle de tête. Elle a encore dû prendre la double dose de cachets. Normal. Pour se faire César, on a intérêt à être shooté. Ce matin, elle, par contre, est en forme. Elle a presque envie d'être gentille – signe plutôt inquiétant. Car on devient gentil quand on sait qu'on n'a plus le dessus ; alors, c'est bien connu, on devient gentil pour prendre le dessus par-derrière. Mais elle, tous ces sentiments à la noix, aujourd'hui, elle s'en fout. Elle, elle va revoir Attila. Elle regarde César qui beurre lentement sa quatrième tartine. La chaleur ne lui coupe pas l'appétit. La tête d'Angèle non plus. C'est triste les vieux. C'est comme les flics. Ça ne donne pas vraiment envie. Elle revoit Attila et son triple saut arrière périlleux. Elle revoit et, rien que de revoir, ça lui donne la pêche et l'envie de s'arracher. Ils sont bien eus, ceux de la génération de César et Angèle. Ils ont cru mieux faire que leurs propres vieux qui étaient des durs à cuire. Ils ont cru qu'ils seraient, eux, les bons, les vrais parents. Des nèfles ! Ils se sont fait écrabouiller par leurs anciens et ils sont en train de se faire ratatiner par leurs enfants ! Des deux côtés, la dérouillée ! Comme si on était les enfants du bon Dieu ! Et pourquoi on se gênerait puisqu'on a le pouvoir et qu'ils sont assez fous pour l'avoir abandonné ? César mastique avec application. Angèle regarde la table. Son visage pue la tristesse. Mais chacun fait comme si de rien. Chacun fait comme si tout allait bien. Et que c'est un beau matin d'été qui commence. Une journée avec un grand ciel bleu loin de la ville. Un ciel comme on peut voir dans les films, un ciel immense, plein de liberté et de couleurs. Angèle fixe de son regard les sa fille unique et préférée et lui demande ce qu'elle va faire aujourd'hui. Amélie répond sortir. César, paternel, lui dit tu ferais bien de ne pas. Amélie hausse les épaules et se lève de table.

VIII

Angélique observe avec attention son fils chéri qui étale sans conviction de la crème de marron sur une demi-baguette. Contrairement à ses habitudes, Ulysse s'est levé tard, a la figure chiffonnée et n'a pas embrassé sa mère. L'alerte rouge s'est automatiquement déclenchée dans le cerveau d'Angélique qui, inquiète, attend que son fils s'explique. L'immeuble, déjà, ressemble à une pétaudière. Les portes claquent, les télévisions s'allument, les chasses d'eau chassent, madame Caeiro donne à manger à ses chats qui ronronnent. C'est dimanche, jour du seigneur et de l'agneau rôti. Ulysse soupire et n'a pas faim, il sent un grand trou dans sa poitrine qui le fait presque gémir. Pour la première fois, tout l'agace. Il voudrait la paix et le silence. Il voudrait qu'Angélique ne le regarde pas avec ses yeux de matrone possessive. « Il n'y a rien, maman, strictement rien, je n'ai pas faim, c'est tout. » « Hum hum ! » dubite Mercredi perché sur la chaise, « Hum hum ! » « Mercredi, est-ce que tu sais que le rôti de perroquet est un plat excellent que l'on pourrait prélever sur ta personne ? » lui propose soudain le jeune homme. « Let me pouffe ! Tu serrrrais affrrrreusement trrrrriste aprrrrrès m'avoirrrr mangé ! » s'exclame l'oiseau émeraude, « Je suis bien plus drrrrôle que la télé ! » « Et puis j'en ai assez, moi, je sors puisque c'est comme ça, je vais me balader ! » « Ulysse ? Où vas-tu ? » s'exclame Angélique. « Dehors, nulle part, ailleurs, là où je veux ! » rétorque l'enfant chéri des dieux. Mercredi s'ébroue et s'approche de la mère éplorée. « Pas de panique, Angélique, je vais le suivrrrre l'airrrr de rrrrien. » On entendit la porte de l'appartement des Papadiamantès claquer bruyamment mais personne ne vit, ce jour-là, par la fenêtre d'une cuisine, un oiseau vert au ventre orange prendre son envol avec une rare discrétion.

César se lève et débarrasse tranquillement la table. Même l'eau froide est chaude. Les femmes vaquent. L'appartement est vide. La température monte. C'est l'été. C'est quand même bizarre la vie quand on y pense, pense soudain monsieur Pompon, sacrément bizarre toutes ces années passées comme ça d'un seul coup sans qu'on y pense qu'après coup en y pensant on n'y croit plus par exemple comment croire aujourd'hui que j'ai eu vingt ans que j'étais jeune et que les femmes me tombaient dans les bras comme des mouches comment le croire, se demande monsieur Pompon en empilant les bols dans l'évier, comment croire à l'époque que je terminerais ma vie avec Angèle qui est plus sinistre qu'un vautour ? Je n'y aurais pas cru, sûr. Bizarre quand même la vie quand on y pense et heureusement qu'on n'y pense pas trop parce que quand on y pense c'est à donner des frissons toutes ces années passées. Maintenant je suis à la retraite maintenant ça y est je suis un vieux con et j'entame la dernière ligne droite direction macchab'city bienvenue chez les cloportes bizarre quand même comme c'est horrible au fond et comment on évite tranquillement le fond depuis le début mais il y a un moment quand même où le fond remonte et où ça commence à puer. Bizarre sûr la vie qu'on ne s'aperçoive pas plus que les gens ont la trouille que tous on est des terrorisés de l'existence et qu'on s'agite comme des malades pour éviter d'y penser mais que c'est impossible qu'il y a toujours au moins une minute rien qu'une minute d'horreur absolue. Sûr, une minute on s'en tire encore bien mais il doit y en avoir pour qui c'est plus, cogite César en rinçant laborieusement les bols à l'eau froide chaude du robinet lorsque la porte se met à sonner quatre coups hystériques. Allons bon kézako ? grogne Pompon, le torchon à la main, qui se dirige à pas lents vers l'entrée.

Madame Mattieu, l'œil vif et le cheveu lavé, pousse la porte et Pompon en exhibant, comme si elle avait trouvé un diamant gros comme le Ritz,

71

une pompe avachie et odorante. « Ce sont des façons, ça, madame Mattieu, de m'extirper sauvagement de mes rêveries matinales pour m'arborer une chaussure, laide de surcroît ? Il n'y avait pas assez de la perruque ? » « Monsieur Pompon ! la preuve ! c'est la preuve ! » « La preuve de quoi madame Mattieu ? » « Votre fille ! Le métro ! Voici la chaussure ! En plus il lui manque un talon ! » « Madame Mattieu, jusqu'à présent, j'ai été très patient avec vous, mais vous commencez à me fatiguer sérieusement ! Cette chaussure est répugnante ! Jamais ma fille n'a porté ça ! Qu'on se le dise et adieu ! » « Père aveugle et inconséquent ! Cette chaussure bata au talon arraché trouvée par moi-même ce matin dans la poubelle de l'immeuble est un signe. Vous ne voulez pas voir mais moi j'ai l'œil ! Vous ne voulez pas savoir mais moi je saurai ! » « Et l'autre ? » demande César. « L'autre quoi ? » « L'autre chaussure madame Mattieu ; nous avons deux pieds et par conséquent les chaussures vont par deux. » « Introuvable. J'ai tout fouillé. Introuvable. » « Vous pensez donc que ma fille, en douce, a jeté une chaussure au talon manquant dans la poubelle ce matin pour vos beaux yeux et qu'elle a gardé l'autre par-devers elle au cas où ? Mais ça n'a aucun sens ça madame Mattieu ! Ma fille, contrairement à vous, n'est pas folle ! » « Elle est où votre fille d'ailleurs ? » « Elle est où elle veut ! » hurle soudain Pompon, « Ma fille ne passe pas son temps à faire les poubelles de l'immeuble pour aller ensuite enquiquiner son voisin. Ma fille a sa vie, elle ! Et maintenant donnez-moi cette godasse ! » César, rouge de colère, saisit la bata et la lance par la fenêtre. « Et maintenant du balai, ouste, dégagez avant que je vous disloque ! » Verte, madame Mattieu recule à petits pas et disparaît comme par enchantement.

C'est l'heure exquise, l'heure calme et dominicale, l'heure des notre-père-qui-êtes-aux-cieux et des amen. La ville transpire à grosses gouttes. Ulysse chante pour lui-même, chante l'amour est un oiseau rebelle que nul ne peut apprivoiser. Ce qui fait rire, quelques mètres derrière lui, Mercredi qui joue à Sherlock. Ulysse marche à grandes enjambées et semble ignorer la chaleur, la ville et ses odeurs. Ulysse est sur son nuage, loin des basses et laides contingences matérielles. Ulysse est dans son rêve, un rêve doré où une jeune fille étrange aux yeux noirs est assise au bord d'une fontaine et attend depuis des années le jeune homme intelligent, beau et noble qui saura la conquérir. Ulysse serre dans sa main gauche le talisman bata et se précipite dans le métro. « Merrrrdrrrre ! » grogne Mercredi, « je vais me fairrrre rrrrepérrrrer. » « Mercredi, viens ici, je t'ai vu, tu n'es vraiment pas discret ! » ordonne Ulysse. « Brrrr », désapprouve l'animal vexé et rassuré. « Viens, nous allons rue Longue. Dans ton délire, cette nuit, tu as prononcé une phrase intéressante. »

Ligne 38. Station Fernando Pessoa. 39°4 le matin. Quai, mort. Chaises recouvertes de clochards sonnés. Ulysse, Mercredi juché sur l'épaule, fait les cent pas en claquant des talons. Ses yeux bleu-vert, derrière leurs carreaux, pétillent d'énervement. Sa démarche, pleine d'énergie, ressemble à celle du taurillon impatient de franchir l'enceinte de l'arène. Contrairement aux bipèdes avachis sur les sièges, le jeune homme est très éveillé. Le métro expire enfin à ses pieds dans un couinement de ferraille. Il regarde les compartiments et choisit le moins peuplé. Au troisième essai, les portes arrivent enfin à se fermer et la machine s'ébranle avec douleur. On se croirait dans une énorme chaudière. Les êtres humains, liquéfiés, ont pris la couleur de la dorade royale. « Ce n'est pas crrrroyable ! » transpire Mercredi, « On va mourrrrirrrr ! » « Tais-toi ! Moins tu parleras, moins tu transpireras ! » répond Ulysse, « On en a pour un moment. La rue Longue est à l'autre bout de la ville. » Dans la chaudière, les humains imaginent leur dernière heure venue. Personne ne bouge. On n'ose même plus remuer des cils. La sueur coule sur les visages, sur les poitrines, ruisselle jusqu'aux pieds. Les yeux sont injectés de sang, les veines éclatent, les rates se dilatent. Alors, dans cette espèce de silence gras gluant, s'élève soudain une voix rauque venue d'ailleurs.

« Mesdames messieurs, ici Max, ici Max, m'entendez-vous ? m'entendez-vous ? moi je ne vous entends pas, moi je suis le type qui conduit le métro dans lequel vous êtes en train de frire, mesdames messieurs, la clim n'est pas pour demain, ils s'en foutent à la direction que vous rôtissiez, ils s'en foutent que ce soit irrespirable, que ça devienne presque mortel pour l'humain exténué. Mesdames messieurs, tant qu'il n'y aura pas des centaines de morts, personne ne fera rien ! Peut-être même qu'il en faudrait des milliers, de morts. Et même ! Même ! Est-ce que ça suffirait ? Regardez, à Dachau, il y en a eu comme pas possible et est-ce que ça a servi à quelque chose ? Hein ? Est-ce que vous constatez un progrès de l'humanité depuis la prise de conscience de son inhumanité ? Mesdames et messieurs ! Moi je dis que dalle ! Tout le monde s'en tape ! Tout pour notre pomme ! Tout pour la pomme du pauvre type, du sans le sou sans les moyens sans les magouilles ! Je dis, moi, que la révolution n'a pas encore eu lieu ! Qu'on est pire qu'au Moyen Âge et qu'en plus on a la bombe à neutrons et les machins transgéniques, les vaches folles et tout, tout qui est déri-boulé ! Ici Max, mesdames messieurs, ici l'homme qui cherche les hommes ! Mesdames messieurs, retrouvez le sauvage qui sommeille en vous ! Ici, Max, mesdames messieurs, ici l'inconsolé qui va chanter pour vous ladelidomdom ladelidamdam, une chanson de son pays, ladeli, qui dit, ladela, l'arbre est dans les feuilles ! ladelidomdom ! l'arbre est dans les feuilles ! ladelidamdam ! » Les dorades royales se regardent, l'air décomposé. Si même les conducteurs de métro s'y mettent !

Alors là, où va-t-on ? Mais où va-t-on ? Seul Mercredi ronronne ladeli ! l'arrrrbrrrre est dans les feuilles ! ladeli ! Lorsque tous remarquent soudain avec épouvante que le métro ne s'arrête plus aux stations et accélère comme un dément.

Plus haut, Fatale suit depuis un bon moment une femme qui fait son marché avec, aux pieds, des chaussures qui la fascinent. Des grolles pour elle, splendides, en croco du Nil, teintées rouge sang. Fatale tourne et tourne et mate les étalages de tomates, salades, pêches, abricots et mate la femme qui prend son temps, soupèse, compare, commente, achète, emplit lentement son cabas. Comment lui piquer ses pompes ? Elle a l'air plutôt costaud. Il faudrait la coincer. Mais où ? Elle en est là de ses cogitations lorsque la silhouette chaussée de rouge s'éloigne enfin du marché et prend la tangente par une ruelle qu'Amélie connaît. Ruelle déserte à cette heure. Fatale pique un sprint, dépasse la dame au cabas, repère une porte cochère, s'arrête et fait celle qui a un malaise. La femme aux chaussures convoitées approche et ralentit en voyant Fatale qui se tord de douleur sur le trottoir. Puis tout se passe en trente secondes. Les salades, les tomates, les poivrons, les cerises, les pêches, les crabes, les pétoncles, le cabas roulent et sautent sur le trottoir dans un vacarme joyeux. Fatale se souvient de ses cours de judo et fait sa prise favorite – celle

76

qui, normalement, immobilise l'autre. Manque de bol, la dame a du répondant et commence à boxer méthodiquement la jeune fille. Elles sont toutes les deux en train de se tabasser à l'abri de la porte cochère. Personne à l'horizon et Fatale se prend un gnon sur la tempe qui lui fait voir trente-six chandelles lorsque la dame, soudain tétanisée, pousse un hurlement dément ponctué de « qu'est-ce que vous voulez, je n'ai pas d'argent sur moi, qu'est-ce que vous voulez ? » « Les chaussures ! » a le temps d'articuler Fatale avant de s'évanouir, « Les grolles ou la vie ! »

IX

César ferme la porte et retourne à sa vaisselle. Cette pauvre madame Mattieu, rumine-t-il
aussi sec, cette pauvre madame Mattieu, c'est un
homme qu'elle devrait chercher – pas des chaussures dans les poubelles ! Quelle folle ! Mais quelle
folle ! Quand je vais raconter ça à Angèle ! Quand
même la vie c'est sacrément un drôle de truc, tu
es sur terre c'est déjà sacrément un drôle de truc
et en plus tu te tapes madame Mattieu comme
voisine du dessous ! Quand tu y penses il vaut
mieux ne pas réfléchir au sens de tout ça, sûr,
il faut laisser glisser, ne pas s'accrocher, ne pas
donner prise, rien, il faut s'en foutre. La chaleur
est insupportable. César devient tout rouge de
malaise. Mais on va finir par en crever de cette
canicule ! L'appartement est vide et silencieux.
L'appartement est laid et ressemble à une cage.
César titube et s'affale sur le canapé maous qui
craque. Il essaie de se raisonner et fixe l'objet
d'art que sa maman a offert à Angèle et qui trône
dans le salon. Un cadeau pour leur quinze ans de

mariage. Une espèce de chose qu'on ne comprend pas ce que c'est. « De l'art ! » avait commenté sa mère, « De l'art, mon cher César ! Normal que tu ne comprennes pas, tu ne comprends rien à l'art ! » « On dirait un Picasso », avait gémi Angèle, « la période torturée, avec les femmes qui ont un sein dans l'œil. » César regarde le Picasso et transpire à grosses gouttes. En regardant bien, là, il commence à le voir le sein dans l'œil de la créature qui trône, en regardant bien elle avait raison Angèle, c'est un beau sein qui se tend, qui gonfle gonfle et dont la chair rose veinée de bleu palpite. Merde, bredouille César, voilà que j'ai des visions moi aussi. Le sein tourne dans l'œil et le visage grimace sur le meuble. César sue et sent l'angoisse l'envahir lorsque la porte s'ouvre silencieusement et qu'il voit entrer dans le salon feu sa maman chérie qui est morte voilà dix ans. « Merde ! » rebredouille César vert. « C'est tout ce que tu trouves à dire, mon pauvre César ? » soupire maman en regardant le salon, le canapé maous, le meuble et l'œuvre d'art. « Qu'est-ce que tu fais là ? » reprend César bleu. « Je viens te rendre visite. J'ai quelque chose d'important à te dire. » « Comment ça ? » tremble César violet. « J'ai une question à te poser », annonce maman en s'asseyant sur l'œuvre d'art qui n'a pas l'air de s'en apercevoir.

Ligne 38, un bipède abattu tire sur le signal d'alarme. Le métro se paralyse enfin dans un bruit de ferraille assourdissant. Sous la violence du choc, des tas de dorades royales sont jetées à terre et se mettent à piailler. Pour arranger le tout, la lumière vacille, on est quasiment dans le noir, il doit faire 50°. « Mais qu'est-ce qu'on a fait au bon Dieu pour tomber, en plus, sur le seul chauffeur totalement cintré ? C'est pas assez pénible comme ça ? » hulule un usager. « Je deviens folle ! C'est simple ! Si à trois on n'est pas sortis d'ici, je hurle ! » glapit une femme égarée, « Un ! » « Calmez-vous Madame calmez-vous ! » essaie de consoler un vulgus, « les secours vont arriver ! » « Deux ! » « Ulysse », murmure Mercredi, « je sens que cette histoirrrre se corrrrse ! L'arrrr-brrrre est dans les feuilles, ladelidomdom, l'arrrr-brrrre ! » « Tais-toi ! » rétorque le jeune homme énervé. « Tu n'es bon qu'à ça », siffle l'oiseau, « me dirrrre de me tairrrre ! Brrrr ! » L'animal se drape alors dans une toge de silence qui repose le lecteur. À quelques mètres, un homme d'âge respectable, sourire aux lèvres, enlève ses habits et esquisse, nu sur son siège, les mouvements de la brasse. « Elle est très bonne ! » explique-t-il à Ulysse, « Vous devriez en faire autant ! » « Trois ! Aaaaaaaaaaahhhhh !!! » hurle la lady horrifiée par l'anatomie de l'homme nu. « Mercredi ! Mercredi ! » appelle Ulysse, « Ils sont tous en train de devenir fous ! Mercredi ! » « Maman, maman », pleure une petite fille, « maman pipi ! » « Je recommence, à trois, si on n'est pas dehors, je mords ! » annonce la femme égarée. « Un ! »

Ulysse, soudain inspiré, prend un marteau, casse les vitres, saute et se met à courir le long des rails – Ulysse suivi de Mercredi, du nageur nu, de la femme piaillante, des dorades et de toute la troupe hurlante.

Imagine, cher lecteur, une marmite pleine d'eau bouillante avec de grosses bulles qui font plop plop. Imagine cette marmite en compagnie d'une infinitude de marmites cousines qui bouillonnent de la même façon. Imagine les feux qui brûlent au-dessous et l'air, l'air brûlant tout autour qui te crame au vingt-huitième degré. Voilà ce que l'on respire aujourd'hui sur notre pauvre ville. La télé a suspendu le journal météo pour ne pas déprimer le pèlerin. À la place, on peut admirer des dauphins qui font des sauts et des galipettes en rigolant dans le grand bleu. La direction trouve ça plus adapté. Il faut calmer le specta-teur, en ces périodes de crise, il faut surtout ne rien dire, contourner, esquiver. Donc, sur toutes les chaînes, on peut voir de longs reportages apai-sants sur mère nature. Rien de tel que l'évocation du marsouin et de la mouette rieuse pour cal-mer les humeurs, c'est ce que pensent les grands manitous de l'écran cathodique. Les nouvelles, ce matin, se veulent rassurantes. Eh oui, on vous le dit, tout va bien, miaule le présentateur, tout va très bien et nous vous invitons à suivre notre envoyé spécial qui revient d'une expédition fabu-leuse, n'est-ce pas Jean-Luc ? qui revient d'une région trop méconnue de notre beau pays où, pour vous, Jean-Luc a suivi de a à z la fabrication de ces délicieux saucissons qui font honneur à la France, Jean-Luc ? vous m'entendez ? Jean-Luc ? dans quelques secondes, mesdames et messieurs, le Justin **Bridou** n'aura plus de secrets pour vous !

« On arrrrive ! » annonce Mercredi, « On arrrrive ! » Ulysse voit enfin la lumière. La troupe, derrière lui, émet d'étranges couinements. La femme hurlante a mordu l'homme nu qui, en cours de route, a jeté ses habits sur lesquels une dorade royale a glissé et s'est cassé trois dents. En dernière position, Max ici Max, qui a abandonné joyeusement les commandes, suit les voyageurs sans se presser. La station où ils arrivent enfin est proche de la rue Longue. Sur le quai déserté, les voyageurs se dispersent. Ulysse serre le talon bata dans sa main gauche. L'angoisse et l'émotion l'étreignent soudain. Et si elle habitait rue Longue ? Et si c'était vrai ? Ses jambes tremblent, son cœur fait la grande roue, ses oreilles sifflent. Jamais, jamais personne ne l'a chamboulé à ce point. Le quartier est silencieux. On dirait que les immeubles se sont tassés sur eux-mêmes. L'eau ne coule plus dans les fontaines. Les agents de la circulation ont disparu. La circulation a elle-même disparu. Tout s'est arrêté. On atteint les 50 °. Le ciel sans nuage est jaune gris noir. L'espèce de croûte de chose avariée diluée flotte toujours par-dessus les toits. Ils approchent de la rue Longue. On pourrait même dire qu'ils brûlent. Ulysse ralentit le pas. Compte les dalles du trottoir. Décrypte avec attention les derniers graffitis du jour. Ça y est, ils sont tout au bout de la rue Longue qui est longue eh oui. Et vide. Comme dans un film, Ulysse avance à découvert. Comme dans un film, tous ses sens sont en alerte. Comme dans un film, son ombre le suit et fait une grande flaque sombre. Ploc. Ploc. Ploc. Son visage pourrait être celui d'un vieillard. Ulysse a rendez-vous avec son destin et ça fait une espèce de charivari dans son esprit comme quand on sait que, désormais, on ne peut plus faire demi-tour, que c'était inscrit dans les étoiles et dans les tripes des poissons, que cette aventure vous arriverait et qu'elle vous changerait à tout jamais et que vous dites adieu à quelque chose qui ressemble à l'insouciance ou à l'enfance parce que maintenant vous savez que vous avez quelque chose à perdre et que si vous le perdez vous êtes foutu archifoutu, votre vie n'aura plus aucune espèce de goût, vous serez comme mort. Ploc. Ploc. Ploc. Mercredi en a perdu ses rrrr et vole à deux pas du jeune homme sans commenter la scène. Ils ont déjà parcouru la moitié de la rue et ont fait toutes les boîtes aux lettres à la recherche d'un Pompon. Lorsque leur regard est attiré par un objet qui a atterri là, en plein milieu, sur le macadam mou. « Mercredi ! » appelle la voix blanche d'Ulysse, « Mercredi ! Tu vois ce que je vois ? » « Ça m'a tout l'airrrr d'êtrrrre une grrrrolle ! » répond l'oiseau ébaubi. Royale, théâtrale, magnifique, admirable, éclatante, insolite, unique, scintillante, éblouissante, irremplaçable, incomparable, extravagante, une chaussure gît et se moque de la maréchaussée. Ulysse, avec respect, s'agenouille, saisit la bata shoe, s'aperçoit qu'il manque le talon et que c'est exactement le talon qu'il a, lui, dans sa main gauche qui colle à la bata qui est là. Alors une joie comme un ouragan le fait bondir et hurler et danser et trépigner et oublier le monde tel qu'il est. Mercredi, interdit, observe l'être qui caracole sur le trottoir et se dit que son Ulysse a pété les plombs et pauvre Angélique ça promet quand ça démarre comme ça. « Tu ne trrrrouves pas ça étrrrrange, cette godasse dans la rrrrue ? » demande l'oiseau. « À coup sûrrrr, c'est une drrrrôle de nana pourrrr laisser trrrraîner ses affairrrres comme ça. Peut-êtrrrre que dans vingt mètrrrres on va trrrrouver sa culotte ! » « Mercredi ! » s'énerve Ulysse.

Angèle revient lentement du Monoprix du quartier où elle a acheté de quoi nourrir un régiment. Angèle aime bien aller au Monoprix. C'est son moment de détente à elle. D'abord ils ont la climatisation et c'est bien agréable. Elle met sa pièce de dix francs dans le chariot et hop, chaque fois, c'est comme si elle partait en voyage. Elle musarde dans tous les rayons même si elle n'achète pas. Elle regarde toutes les marques de lessive, toutes les marques d'huile d'olive, tous les surgelés, tous les bonbons, tous les biscuits. Elle regarde pour le plaisir, pas pour acheter, non, elle regarde pour se changer les idées. Chez Monoprix, il y a souvent des promotions avec la voix acidulée de la dame qui tient le micro, sinon il y a de la musique douce comme les Gervais aux fruits qu'elle s'interdit d'acheter parce que si elle en achète elle les bouffe tous tout de suite. Comme la vie est belle chez Monoprix. Elle vient toujours sans César. Elle ne comprend pas les gens qui font les courses ensemble. Au rayon boucherie, elle s'arrange toujours pour être servie par le chef qui a une moustache très élégante et qui a l'art de peloter la viande avant de vous la couper exactement comme vous voulez. Elle peut rester et tourner pendant des dizaines et des dizaines de minutes. À regarder ou à faire semblant. Le monde devient indolore, elle est heureuse rien qu'à compter les paquets de Barilla. Avec les années, elle connaît les caissières et les chefs de rayon. Avec les années, ils finissent par avoir des discussions. Il y a madame Voisin qui tient la caisse et qui a eu un cancer du sein soigné à temps. Il y a monsieur Yves qui fait les yeux doux à tout ce qui passe. Comment allez-vous madame Pompon ? Bien très bien, dit-elle chaque fois, et c'est presque vrai. Elle prend Télé Z et écoute madame Voisin qui cause avec madame Perrin. L'air sent le détergent et le sucre. Angèle, amollie, sourit béatement au dos de madame Perrin qui s'agite en racontant pour la dixième fois que sa chienne ne supporte plus du tout la chaleur mais plus du tout et que depuis hier elle miaule vous ne me croirez pas mais elle miaule madame Voisin une chienne qui miaule voilà bien où va le monde !

Angèle, son chariot à roulettes à la main, chargée comme un baudet, n'a pas remarqué le jeune homme et l'oiseau qui l'observaient dans la rue. Suante, elle monte l'escalier qui mène à l'appartement pomponien, pousse la porte, pose tout son barda dans la cuisine, respire un grand coup et se dirige tranquillement vers le salon où elle découvre alors son César, le visage couleur betterave et la voix caverneuse, en train de tailler une bavette avec le mur.

X

Elle essaie. Elle essaie pour la dixième fois de se sortir de ce foutu trou où elle est tombée. Mais elle a beau s'agripper, elle a beau faire, ça glisse. La terre est devenue une espèce d'éponge qui ne donne aucune prise. Elle sent la fatigue qui vient. Elle sent qu'elle va y rester. Qu'elle est perdue. Qu'est-ce que c'est con comme fin. En plus, elle s'est cassé la figure au moment où le jeune homme à lunettes et son perroquet sont apparus. Elle voulait s'approcher, leur parler. Elle est tombée à quelques centimètres d'eux et ils ne l'ont pas vue. Elle essaie. Elle essaie de crier pour attirer leur attention mais ils ne l'entendent pas. Ils auraient d'ailleurs du mal puisqu'elle n'a plus de voix. La terre est humide, insidieuse. Elle suffoque. Lorsqu'un énorme serpent noir aux yeux jaunes pointe son nez en ondulant du bas du haut et du milieu. Ses yeux jaunes brillent et kidnappent Fatale qui s'accroche à eux, s'accroche, oh ! eh ! dans un ultime sursaut de beau désespoir. Et paf ça marche elle se réveille.

Elle ouvre lentement de grands yeux étonnés. Deux grands yeux la dévisagent itou. Ils sont jaunes comme dans le rêve. Elle frissonne et regarde autour d'elle. Les murs sont noirs. À côté d'elle, une lampe de poche déglinguée diffuse une vague lumière. Il est assis sur un tabouret et attend qu'elle se réveille. « Où suis-je ? » demande Fatale endolorie. « Chez moi », répondent les yeux jaunes. « Qu'est-ce que je fais là ? » « Tu étais en train de te faire casser la gueule par une pouffe à qui j'ai cassé la gueule et comme tu t'étais évanouie je t'ai emmenée jusqu'ici pour pas d'emmerde supplémentaire. » Les yeux jaunes sourient. « En plus, j'ai piqué ses godasses ! Regarde ! » Les yeux jaunes brandissent la paire de chaussures rouges de rêve. Fatale ressent soudain une immense fatigue. « Tu devrais les essayer », continuent les yeux jaunes. Fatale se dresse péniblement. La pièce tourne autour d'elle et les yeux jaunes l'aident à se tenir debout. « Il n'y a pas de fenêtres chez toi ? » demande Amélie au bord de l'étouffement. « Désolé, j'ai tout bouché. Pas de fenêtre. Pas d'ouverture. Pas de lumière naturelle. Je n'en veux plus. C'est fini depuis des années, je vis dans le noir. Tu as eu du bol que je sois là parce que je ne sors quasiment plus pendant la journée. » Fatale glisse ses petons dans les pompes. On dirait qu'elles sont faites pour elle. Des chaussons. De magnifiques chaussons tout doux qui lui font prendre dix centimètres d'un coup. Des chaussons en cuir magique. Elle sent que le bien-être grimpe lentement depuis la plante des pieds. Comme une espèce de chaleur diffuse qui la requinque et lui donne envie de rire et de marcher et de montrer comme elle est belle et de partir à l'assaut, là, tout de suite, quand est-ce qu'on la fait cette révolution ? La fatigue s'estompe. Les talons claquent. Le rouge brille dans l'obscurité. « Je m'appelle Fatale », annonce Amélie. « Moi, BoaBoa », annonce l'autre.

Après moult tergiversations, il appuie sur la sonnette. Aucun remuement de l'autre côté de la cloison. Ulysse serre la bata shoe dans sa main gauche. Le silence est impressionnant. La chaleur est impressionnante. Cette histoire est impressionnante. Ulysse a mal au ventre d'angoisse. Rien ne bouge chez les Pompon. Peut-être qu'il n'y a personne. Merdum. Le doigt d'Ulysse presse longuement le bouton et la porte de l'appartement d'en dessous s'ouvre sur une acariâtre belliqueuse qui bondit en gueulant « on a compris ! ils ne sont pas sourds ! qu'est-ce que vous avez à insister comme ça ? » Mercredi toise la Mattieu qui verdit en voyant la bata shoe dans la main d'Ulysse. « Qu'est-ce que vous faites avec ça ? » dit-elle en pointant un index menaçant. « Des confiturrrres ! Madame ! Des confiturrrres ! » aboie Mercredi. « Où avez-vous pris cette chaussure ? » interroge le visage blême de la vioque lorsque la porte pomponienne s'ouvre silencieusement sur une Angèle au faciès décomposé. « Vous êtes le médecin ? » murmure-t-elle à Ulysse. « Keskispasse ? Keskispasse ?! » trépigne la Mattieu. « César ! Il a la couleur de la betterave. Je revenais du Monoprix, il causait avec le mur et quand je lui ai causé que c'était bizarre qu'il cause avec le mur il est tombé raide sur le parquet ! » « La chaleur ! » s'extasie madame Mattieu, « Encore une victime de la chaleur ! Les hommes tombent toujours les premiers, c'est bien connu ! Les hommes ne sont que des chochottes égoïstes et lâches. Des mauviettes ! Des sans couilles ! » « Madame Mattieu », rétorque calmement Angèle, « à mon avis, l'absence de couilles, comme vous dites, vous rend un peu agressive. » « Ah ! Ah ! » roucoule Mercredi, « Prrrrends ça dans la trrrronche ! » « Je ne savais pas », poursuit Angèle, « que chez sosmédecin, ils se baladaient avec des perroquets. Entrez, entrez... » « Mais, mais... » proteste Ulysse en avançant à reculons, la bata à la main le perroquet sur l'épaule la Mattieu au train. Dans le salon, sur le canapé en cuir maous qui craque, le corps tout chaud de César est allongé. En short. Pieds nus. Les yeux ouverts et vides. La langue un peu pendante et violette. « Ouh ! Ouh ! » murmure Mercredi en voletant de-ci de-là, « Ouh ! Ouh ! » Ulysse sent qu'il va lui aussi tourner de l'œil. D'émotion, il lâche la bata qui tombe bruyamment. « Madame Pompon », articule-t-il péniblement alors qu'un coup de sonnette alerte se fait entendre, « Madame Pompon, il faut que je vous avoue que je ne suis pas du tout médecin. » Redrrrring virulent. La Mattieu bondit et se carapate vers l'entrée pour ouvrir la porte à monsieur le sos-médecin. Cartable en cuir mou à la main, il ausculte la Mattieu de l'œil et diagnostique instantanément « la rate, Madame, la rate, avec la chaleur ça ne rate jamais, la rate, asseyez-vous », dit-il en sortant un espèce de machin en ferraille qu'il plante dans les oreilles de la Mattieu qui en est ahurie, il lui dit dites 49765999, elle dit 88645678, c'est bien ce que je pensais dit-il en sortant le papier de la sécu alors donc nom ? Mattieu prénom ? Jeanine âge ? 56 profession ? néant bon donc outre la prolifération histiocyto-fibromateuse dermique non encapsulée mais assez bien limitée que j'observe sur votre joue gauche composée de fibroblastes organisés en faisceaux tourbillonnants et enchevêtrés, je vous prescris de la chnouffe en gélule six semaines matin midi soir écrit-il avec virulence. « Monsieur », intervient alors Angèle avec alacrité, « Monsieur, il ne s'agit pas de Madame mais de Monsieur-là qui est allongé raide aux trois quarts mort sur le canapé maous. » Sos se fige et se met à beugler, « ça fera deux ordonnances ! Vous n'auriez pas pu le dire plus tôt ? » « Carrrrabin ! Imposteurrrr ! » explose Mercredi. Le sos découvre soudain la bestiole et rigole. « What a plouc ! » éructe Mercredi, « What a plouc cet sos ! I am drrrreaming ! » « Tais-toi ! » murmure Ulysse, « Mercredi, tais-toi ! » « Brrrr ! » réprouve la bestiole en se drapant dans une toge

93

de silence qui repose les futurs malades que nous sommes. « Quoi faire docteur ? » implore Angèle. Sos observe l'anatomie césarienne. « Rien. On attend. Ça passe ou ça casse », commente-t-il en griffonnant une nouvelle ordonnance. Puis l'homme d'Hippocrate met les adjas que c'en est une honte, ça, explose la Mattieu, on est bien avancé avec des colibris pareils ! L'art de pomper le vulgus et de le laisser crever ! Angèle soupire et regarde la Mattieu. Ulysse ne dit mot et logiquement Mercredi consent. « Et Amélie », se désespère Angèle, « et Amélie qui n'est même pas là ! » A ce nom, Ulysse sursaute. « Ces jeunes », crache la Mattieu, « ces jeunes n'ont pas de cœur, pas de respect, pas l'ombre d'un tout petit petit petit sens du devoir ! » « Madame Mattieu », reprend solennellement Angèle, « si c'est pour dire des âneries pareilles, je préférerais que vous quittassiez les lieux sur le champ ! » « Je ne quitterai rien ! » poursuit la voisine vipérine, « Et d'abord vous êtes-vous seulement demandé ce que font ces deux ostrogoths dans votre appartement ? » Angèle se tourne vers Ulysse et Mercredi. « Et que fait celui-là avec une bata shoe sans talon à la main ? » poursuit l'atrabilaire hystérique. « Madame ! » murmure Ulysse en se tournant vers Angèle, « Madame… » « Pauvre César Pompon ! » glapit la dolichocéphale fumasse, « Pauvre père inconscient et inconsistant, pauvre retraité, pauvre infirme, pauvre ratatiné du bocal ! » « Hélà ! Oh ! » mugit la Pompon. « Paix à son

âme ! » poursuit sans faillir la locataire débri-
dée, « Paix ! paix ! il n'aura plus chaud, il n'aura
plus froid, il n'aura plus mal aux dents, plus mal
aux cors, plus mal à rien ! » « Ulysse », murmure
Mercredi, « qu'est-ce qu'on lui fait à la folle ? »
« Je suis tout sauf folle ! » poursuit la femelle aux
fibroblastes tourbillonnants, « Je sais, moi, qu'il
n'y a plus rien à attendre de si peu, qu'ainsi va la
cruche à l'eau qu'à la fin elle se casse à part qu'il
n'y a même plus de fin, et ne me regardez pas
avec ces yeux de morue à l'escabèche, Angèle, ne
faites pas l'étonnée et le joli cœur alors que vous
savez comme moi ce que nous savons et que nous
savons que ce savoir ne nous sert pas à tripette ! »
« Ulysse ! je n'en peux plus ! » gémit l'oiseau en
prenant son envol et en fonçant sur la perruque de
la Mattieu qui se met à hurler en se débattant. Et
Ulysse de bondir pour calmer le jeu et l'oiseau des
îles, saisi d'une crise de cauchemar éveillé, d'éructer poifjgzriuvc mdi j ldruql fj sdkj. Et Ulysse de
saisir, pour dompter l'animal, la bata perdue sur
le parquet, de viser le volatile, de le manquer et
l'objet de chuter violemment sur le menton de
César qui, tel Lazare, ouvre enfin un œil étonné
sur le désordre inexplicable et ambiant. « Quid ?
Mais quid alors ? » articule l'être en se relevant.
« César ! » se met à sangloter Angèle, « César !
César ! César ! » « Bon, calmez-vous Angèle ! »
intervient la Mattieu. « César ! César ! César !
César ! César ! Cé… » poursuit inexorablement
l'épouse dont le verbe est manifestement rayé. Le

perroquet en profite pour pincer jusqu'au sang, en douce, la Mattieu qui pousse de véritables cris d'orfraie. En douce, Ulysse essaie de récupérer sa bata adorée qui a chu derrière le canapé maous lorsque César aperçoit l'objet et se fige.

XI

« C'est drôle comme nom, BoaBoa ! » s'exclame Fatale. « Fatale, c'est pas mal non plus », sourient les yeux jaunes. « Tu n'as pas l'électricité ici ? On ne peut pas y voir plus clair ? » demande la jeune fille. « Si tu y tiens », accorde l'hôte aux yeux étranges, « si tu y tiens vraiment. » Et la lumière électrique fut et Fatale en fut estomaquée. De la tête aux pieds, sur les joues, le menton, les oreilles, le nez, le cou, les bras, les mains, sur tout ce qui dépasse, BoaBoa est couvert de tatouages. Des trucs incroyables genre rampants préhistoriques et animaux méphistophéliques. « Et ça part ? » interviewe Fatale. « Indélébile ! Du vrai, du grand art ! Touche ! » La jeune fille se met à tâter et, tâtant, ressent une drôle de curieuse de sensation comme lorsqu'on se ramollit de partout et qu'on trouve ça suprêmement agréable et, tâtant, trouve que BoaBoa a une peau douce qui donne envie d'aller plus loin. Et, tâté, le tatoué lentement sous les doigts de Fatale se met à ondoyer, c'en est troublant, et alors, autour de Fatale, se met à cré-

97

piter et à transpirer l'extraordinaire, l'immense forêt amazonienne. Et les oiseaux à perruque, les babouins et autres sapajous, les créatures mouvantes et sifflantes, et les crabes et les bernard-l'ermite, et nos amies les bêtes, tous et toutes, en cadence, commencent une troublante danse du ventre qui prend la jeune femme aux tripes. Alors, presque malgré elle, elle se met à danser la samba comme si elle faisait ça depuis toujours et BoaBoa enlève sa chemise et dessous un gros dragon violet crache du feu et fait les yeux doux quand Fatale lui caresse le chignon et Fatale enlève le haut et le bas et la température déjà pas banale devient tropicale et la forêt se met à haleter et à couiner et Fatale sent, peu à peu, un lent, un long, un chaud reptile qui glisse et la forêt est alors saisie d'une espèce de transe sur laquelle, cher lecteur, nous préférons baisser un rideau de velours pudique.

« Que vois-je ? Que fait encore cette chaussure immonde dans mon salon ? » questionne gravement César qui a pris la voix de la statue du commandeur. « Je l'ai ramassée par hasard », proteste Ulysse, « je passais dans la rue et… » « César ! César ! César ! César ! » mouline Angèle. « Vous devrrrriez êtrrrrre rrrreconnaissant, Césarrrr ! Cette chaussurrrre vous a rrrramené à la vie ! » « Sûr », ponctue la voisine à la rate pathétique, « rien de tel qu'un coup de grolle pour vous requinquer. » « Madame Mattieu, ma patience a des limites ! » s'insurge violemment César, « Jeune homme que faites-vous chez moi avec cette bata shoe ? » Pâle, Ulysse ouvre la bouche lorsque l'esprit d'Angèle fait tchac ploc et que l'épouse attendrie, telle la gazelle, saute soudain dans les bras de son César en le papouillant « mon gigot d'amour ! mon canard laqué préféré ! mon rôt ! mon pot ! mon bulot ! » Madame Mattieu, consternée, bat en retraite et Ulysse, suivi de Mercredi, en profite pour s'éclipser discrètement en laissant la bata sur le carreau du salon pomponien.

« Qu'est-ce qui t'a pris, mon pauvre bichon d'amour, hein ? » s'inquiète Angèle. « La chaleur, ma bonne, la chaleur ! Même que j'ai fait comme la Mattieu, j'ai eu des visions ! J'ai vu maman assise sur le buffet du salon ! » « Pauvre ! Pauvre coquelet rôti ! Pauvre ! » ponctue l'épouse commotionnée, « Heureusement que tu as reçu ce coup de bata sur la tête ! Moi, je l'adore cette chaussure ! Je la vénère ! Une bata sans talon ! Quand même on est peu de choses ! Je vais l'exposer dans le salon cet objet tombé du ciel ! En plus, il pourra resservir ! » poursuit Angèle en se levant péniblement. Angèle saisit la bata, lui donne un coup de chiffon, récupère un mignon coussin bleu brodé d'or, l'installe sur le buffet bien en évidence et pose la bata dessus bien en évidence. La bata est très fière et se met à briller de mille feux. « Ô ! Chaussure bénéfique ! » salue la Pompon, « Ô ! Ange gardien de notre modeste foyer ! Sois la bienvenue toi qui as sauvé mon Pompon d'une

mort annoncée ! Ô ! Mirifique magique miro-
bolante godasse ! »

Chez les Pompon, rue Longue, dans notre
bonne vieille ville puante, la vie reprend tranquillement son cours. Sur les toits, avec la chaleur qui monte qui monte qui monte, la croûte
de chose avariée diluée qui stagne commence à
fondre. On peut voir de grandes bavures bizarres
dans le ciel qui font penser à un vieux pudding en
train de se répandre. César, remis de ses émotions,
a allumé le poste histoire de. Sur le trottoir, en
bas, Mercredi explique à Ulysse que les Pompon
ne savent pas que leur fille se balade en bata. Il
y a là un mystère à éclaircir mais il ne faut pas
mettre la puce à l'oreille des parents vu qu'elle a
l'air d'être mise, la puce, à l'oreille de l'urticante
Mattieu. Ulysse écoute l'oiseau de malheur et n'y
comprend goutte. Ils plient bagage presto presto
et s'en retournent, le talon bata sauf, chez Angélique qui doit se faire du mouron.

Dehors, c'est le sauna. Dedans, c'est le sauna.
Le jour, c'est le sauna. La nuit, c'est le sauna.
Hier, avant-hier, demain, après-demain, le sauna,
encore le sauna, toujours le sauna. Cher lecteur,
avoir froid, avoir froid une bonne fois, claquer des
dents, frissonner, se geler, quel rêve ! Sûr, quand
on gèlera, on râlera tout autant en se disant ah
la la ! la chaleur qu'est-ce que ça doit être bon !
Ainsi va l'être humain qui n'est jamais content

et a l'esprit pire qu'une girouette. Ainsi sommes-nous, pauvres créatures burlesques, que personne, même pas un dieu hypothétique, ne peut avoir pitié de nous tellement on est en dessous du seuil minimal question de tout. La ville devient molle. La ville coule comme du brie qui a vécu. La ville suinte et n'en peut mais. Une espèce de torpeur affligeante pèse comme un couvercle. Tout le monde s'est planqué. Sauf les rats. On ne le dit pas trop mais les poubelles sont en grève, les tas odorants s'amoncellent. Ce ne sont même plus des tas, ce sont des monticules, des promontoires, des péninsules, où les bestioles grouillent par centaines. « Angèle ! Angèle ! Viens voir ! » s'écrie César fasciné par le poste. Angèle lâche la mâche dans l'évier et vient devant l'écran où le présentateur, l'air plus mort que vif, annonce d'une voix titanique que le problème de la grève des éboueurs est un problème et que ça pue à tourner de l'œil dans certains quartiers, mais il ne faut pas s'affoler, des décisions imminentes et radicales vont être prises, ils en ont parlé à la direction des poubelles, c'est comme si c'était fait, mesdames messieurs, comme s'il n'y avait déjà plus de grève, d'ailleurs en y réfléchissant bien, il n'y a plus de problème, donc s'il n'y a plus de problème, pourquoi trouver des solutions ? « Ah la la ! » soupire César, « Il ne manquait plus que ça ! Veinards comme on est, il ne manque plus que les égouts pètent ! » « Mesdames messieurs », poursuit le présentateur blême, « après le Justin Bridou, nous vous invitons à poursuivre votre voyage gastronomique dans notre beau pays et nous allons de ce pas voler à tire-d'aile vers la riante Alsace où nous attend Jean-Luc, Jean-Luc ? vous m'entendez ? Jean-Luc ? qui va vous révéler tous les secrets de la succulente choucroute de Strasbourg, Jean-Luc ? Jean-Luc ! c'est à vous ! » Midi sonne au clocher voisin. César saisit la télécommande et appuie sur *off*. Comme chaque midi, les Pompon s'installent à table. Angèle touille longuement méthodiquement la mâche et César, comme chaque midi, s'interroge mais où donc où donc est passée Amélie ?

À l'angle de la rue là-bas, les ombres d'Ulysse et de Mercredi s'éloignent. Ulysse est silencieux. Le perroquet aussi. Ulysse est heureux et malheureux. Heureux parce qu'il est près du but. Malheureux parce qu'il ne sait pas ce qu'il ne sait pas mais qu'il sent que ce qu'il ne sait pas encore et qu'il va savoir bientôt va peut-être le rendre malheureux. « Mercredi ? » demande soudain le jeune homme, « As-tu déjà été amoureux ? » « Dieu me garrrrde ! C'est bon pourrrr les hommes ! Nous, les perrrrroquets, on n'est pas des crrrréaturrrres ! » Ulysse soupire, « Tu n'y comprends rien mon pauvre Mercredi ! » « Let me pouffe ! » glousse la volaille.

Amélie se rhabille à la hâte. BoaBoa ronronne à côté d'elle. « Merdum ! Merdum ! Je suis encore en retard ! » « Tu vas où ? » demande l'homme tatoué. « Chez mes vieux ! C'est l'heure de la bouffe ! » « Je t'accompagne ?! » proposent en rigolant les yeux jaunes.

César Pompon est en train de lutter contre un énorme bouquet de mâche qui goutte. Les feuilles résistent vaillamment et ripostent en arrosant la chemise bleue de l'agresseur de multiples giclées d'huile. La bouche pomponienne, énervée, s'ouvre alors grand d'un seul coup. On peut voir toutes les dents. Attentive, Angèle se demande chaque fois si la mâchoire ne va pas se bloquer. Mais non, le four se referme clac sur feu la mâche. Le menton luisant, l'air réjoui, César se précipite presto presto sur le jambon à l'os lorsque la porte se met à sonner trois coups. Un ! Deux ! Trois ! Allons bon, grogne César en s'essuyant le museau et en se levant de table à contrecœur, qui est-ce qui peut venir nous déranger à cette heure ? Ponk. Ponk ponk. Ponk ponk ponk. Le rideau se lève. Allons bon, kézako ? soupire Pompon, la serviette à la main, qui se dirige à pas lents vers la scène.

« Je te présente mon mec qui vient manger », annonce Amélie Fatale fière qui fonce droit vers la table de la salle à manger. Pompon en laisse tomber sa serviette et sent une espèce de douloureux vertige. « Juste pour le fun ! » sourit Boa-Boa, « Salut beau papa ! » Pompon est comme pétrifié et n'arrive plus à bouger le moindre petit

doigt. « Qui c'est ? » demande la voix d'Angèle.
« C'est nous ! » répond l'écho. « Qui ça nous ? »
reprend la voix maternelle. « Et qui veux-tu que
ce soit ? » ironise Amélie, « Je te présente mon
mec. Il s'appelle BoaBoa. » Le visage d'Angèle se
fige. Sa main se fige. La fourchette que tenait la
main qui s'est figée tombe sur le parquet en faisant kling kling. « Quoi ? Quoi ? » interroge-t-elle.
« Non ! BoaBoa ! Boa comme un boa. Comme
mon tatouage, là, sur le bras droit, vous pouvez
tâter madame Pompon ! » « Boa ! Amélie ! Amélie avec un boa ! » cocodule Angèle pendant que,
dans le salon, on entend le corps lourd de César
qui s'effondre devant le canapé en cuir maous.
« Sexy tes vieux ! » commente BoaBoa en se précipitant sur la mâche devant Angèle qui se met à
loucher furieusement.

XII

Sans faire de bruit, Ulysse ouvre la porte du petit deux-pièces 28 rue Fernando Pessoa. Assise dans l'unique fauteuil, Angélique s'est endormie. C'est dimanche. Son seul jour de repos. Il observe le visage fatigué et triste ; il regarde le corps épuisé de sa mère et sent le remords monter en lui comme la marée. Interdit, il n'ose parler. Interdit, son cœur se déchire à la pensée des années qui filent comme les étoiles. Le visage d'Angélique ressemble à celui d'une inconnue. Ulysse se penche et voit les rides, les premières taches brunes sur la peau. Puis, comme autrefois la nuit quand il avait peur, il lui caresse doucement la tempe gauche. Mercredi, discret, a repris son poste sur le frigidaire. Le visage d'Angélique sourit puis les yeux bienveillants s'ouvrent enfin et fixent Ulysse – étrangement soulagé. Qui annonce pour lui plaire qu'aujourd'hui c'est dimanche et que c'est lui qui met la table et qu'il a des tas de choses à lui raconter et qu'elle ne bouge surtout pas qu'elle se repose qu'elle lui fasse confiance

qu'il peut s'occuper du repas ; mais qui s'aperçoit que tout est déjà amoureusement préparé que
l'agneau est rôti que les légumes sont cuits que la
nappe du dimanche trône sur la table que les jolis
verres à ouzo sont disposés à droite des verres à
eau. Alors, parce que c'est dimanche et qu'il sait
que ça lui fait plaisir, il branche le magnéto et un
bouzouki hellène, soudain, se met à bouzoukier
et Angélique en est toute saisie de bonheur et la
musique s'élève et envahit le deux-pièces et soudain les murs s'ouvrent sur le passé et, mélancolique, la mélodie enivre comme l'alcool et chante
le plus beau pays du monde, chante les oliviers
centenaires et odorants, les montagnes abruptes
et rouges, le marbre blanc et les poètes, la mer
scintillante et profonde, et Ulysse, grisé, se met
à danser en claquant des doigts, et Angélique,
grisée, se met à danser en claquant des doigts,
et le rythme s'accélère, et les yeux d'Ulysse s'ac-
crochent aux yeux d'Angélique et ces yeux dans
les yeux esquissent le plus ancien des sourires, et
Mercredi, comme chaque dimanche, ne résiste pas
à la tentation et se met lui aussi à voleter mais
il faut reconnaître qu'il n'est pas doué pour le
sirtaki et qu'il est jaloux de voir Ulysse et Angélique sauter comme des cabris en riant comme
des Grecs et Mercredi, comme chaque dimanche,
pour compenser, se met à brailler « l'arrrrbrrrre
est dans les feuilles, ladelidomdom ! » jusqu'à ce
que la cloison gémisse sous les coups du voisin
d'à côté qui hurle « Ta gueule, bestiole à la con ! »

Hurlement qui coupe net l'élan des danseurs et fait ricaner Mercredi. « Mais what a plouc ce voisin ! What a drrrramatique plouc ! » « Mercredi ! » ordonne Ulysse, « Mercredi, tais-toi, on va encore avoir des ennuis à cause de toi ! »

L'agneau rôti et les légumes farcis sont avalés. Angélique, fidèle à sa dévotion, regarde son fils avec les yeux de l'idolâtre en extase. L'idole, modeste, plie sa serviette et annonce soudain « maman, c'est décidé, j'ai commencé hier, je serai amoureux ! » « Amoureux ?! » s'étonne Angélique, « Mais ce n'est pas un métier ! Depuis hier ? C'est pour ça que tu es si bizarre ? C'est pour ça que tu t'es enfui ce matin ? Amoureux ? Mais de qui ? » « D'une crrrréaturrrre ! » intervient joyeusement Mercredi, « D'une crrrréaturrrre qui a des prrrroblèmes de chaussurrrres ! » « Mercredi ! » hurle Ulysse, « Maman, je t'explique ! » Mercredi, nullement impressionné, poursuit : « D'une crrrréaturrrre qui a l'airrrr d'avoirrrr un carrrractèrrrre de cochon ! » Ulysse explose et envoie son assiette sur la volaille qui l'esquive, olé, d'un magnifique et subtil mouvement de rein. L'assiette se brise contre le mur et Angélique éclate en sanglots.

Rue Longue, BoaBoa et Amélie mangent tout ce qu'il y a sur la table. Angèle, pétrifiée, n'arrive même plus à respirer. Puis Fatale dit « on se tire, c'est pas tout ça mais onapaksa à faire. »

Ni une ni deux, BoaBoa se dresse et s'incline en souriant devant Angèle qui suffoque. « Top l'ambiance ici madame Pompon ! Je sens que je vais revenir ! » Ni une ni deux, BoaBoa glisse dans le salon et tâte du pied le corps allongé et muet de César. « Quand même, l'émotion c'est renversant ! » Amélie Fatale rigole et insiste « Viens on se casse onapaksa à faire qu'à regarder mon vieux. »

L'appartement des Pompon ressemble au radeau de la Méduse. Angèle est collée à sa chaise et contemple les assiettes. Il y en a trois. Une deux trois. Elle les compte. Ça la repose. Tiens, elle se dit, tiens, une deux trois. Ouh la la. Un boa, deux boas, trois boas. Ouh la la. La la la. Moi, je dis que je fatigue. Le silence est d'or. Les trois assiettes sont vides. Ma fille avec un singe. Ma fille qui a dû faire des choses avec un singe. Ouh la la. La parole est d'argent mais le silence est d'or. Il doit faire trois mètres de haut. Quand même. Quand on pense au mal qu'on s'est donné pour l'élever, l'éduquer, la dorloter, la coucougner ! Quand même et tout ça pour un singe ! Toutes ces années de sacrifice pour quoi ? Pour qu'elle nous ramène un fou qui s'est colorié de la tête aux pieds ! Pour qu'elle sorte avec le premier chômeur venu – parce que barbouillé comme il est il ne doit pas travailler chez Cartier ! La honte ! La honte ! Oh la la ! BoaBoa ! Je rêve ! Pourquoi pas ChienChien ? Que c'est bizarre un mec colorié ! Et les drôles de dessins bizarres qu'il avait !

Trois deux un, ouh la la, la la la. Lorsque la sonnette frénétique se met à hurler un deux trois !

Cher lecteur, je parie que tu sais qui trépigne derrière l'huis et va se précipiter tel le cyclone chez les Pompon. Ta sagacité, cher lecteur, t'honore. Angèle, elle, par contre, n'entend rien. Son cerveau ressemble à un marécage qui fume. « Madame Pompon ! Monsieur Pompon ! » piaille qui on sait derrière la porte. « Oui oui », réagit mollement le marécage. Un ange passe, deux anges passent – zappons jusqu'à la seconde précise où Angèle, enfin, laisse entrer l'inénarrable Mattieu survoltée et postillonnante. « Madame Pompon ! Madame Pompon ! Je regardais à travers mon judas ! Comme chaque jour je surveillais l'escalier ! Madame Pompon ! Et devinez ce que j'ai vu pas plus tard qu'il y a trois secondes ? » Et la voisine de faire semblant d'attendre une réponse d'Angèle qui la regarde avec des yeux de merlan las. « Votre fille ! Madame Pompon ! Votre fille avec, avec, avec, le monstre du Loch Ness ! » « Ben voyons ! Et moi je suis la plus grosse citrouille d'Halloween ! » « Je vous le jure madame Pompon ! » « Dehors ! Ma patience a des bornes que vous avez dépassées de façon inconsidérée ! Dehors voisine épidermique ! Vade retro ! » La porte claque et Angèle, exaspérée, de marmonner « le monstre du Loch Ness ! le monstre du Loch Ness ! » et Angèle, exaspérée, de s'approcher de César qui est toujours dans les pommes, de saisir, sur le coussin bleu brodé d'or, la bata shoe sans talon et de la balancer, de toutes ses forces, sur le faciès césarien qui, sous le choc, ouvre un œil puis deux. « Quid ? mais quid alors ? » murmure César. « Dis donc César écoute moi bien », poursuit l'épouse vénérable, « si maintenant chaque fois que quelque chose te contrarie tu te mets à tomber dans les pommes on ne risque pas de s'en sortir ! » « Mais ma bonne ! » « Il n'y a pas de bonne ! Il n'y a plus de bonne ! Elle en a ras le bol la bonne d'être seule toujours seule et encore seule face à l'adversité problématique alors que Monsieur, véritable chochotte, tourne de l'œil dès que ça l'arrange ! » « Mais… » « Mais il n'y a pas de mais ! Tu as toujours été comme ça. Tu m'as toujours envoyée en première ligne pour tous les trucs les plus enquiquinants. Surtout ne pas se fouler ! Surtout ne pas se prendre la tête ! L'important c'est bouffer dodo bouffer dodo. Le reste, tu t'en laves les mains. Le monde t'emmerde. Les gens t'emmerdent. Ta femme t'emmerde. Ta fille t'emmerde. » « Ma fille ! » se souvient soudain Pompon. « Oui ! Ta fille ! TA fille ! Parlons-en de TA fille ! » « Purée, oui, je revois, elle est venue à midi avec un monstre ! » « Et elle est repartie avec le monstre ! » « Purée de purée ! » « Et évidemment, madame Mattieu a vu le monstre en question à travers son judas ! » « Purée de purée ! » « Qu'est-ce qu'on fait César ? » « Qu'est-ce qu'on fait ? » « Oui, César, that is the question, que fait-on ? » « Mais que veux-tu qu'on fasse ? » « Ah non ! » rugit Angèle,

« C'est toi qui vas cogiter et illico presto ! » « Eh bien, on va attendre qu'elle revienne. Hein ? Elle va bien revenir. Hein ? Et puis je vais discuter avec elle. Hein ? Et puis c'est l'âge, Angèle, elle a besoin de montrer qu'elle est différente, qu'elle n'est pas comme nous qui devons passer pour des parents donc pour des vieux et pour des cons. Un tatoué, c'est l'Amérique ! Moi, à son âge, j'étais bien amoureux d'une fille qui avait un pied bot ! »

Dehors, Fatale est très fière de se promener aux côtés de BoaBoa. Il faut dire qu'ils ne passent pas inaperçus. Les quelques rares promeneurs qui résistent à la chaleur se retournent sur leur passage. BoaBoa est immense. De son sac Tati, Fatale sort sa tenue de 14 juillet et met ses magnifiques pompes en croco du Nil teintées rouge massacre. « Cool ! » sourit BoaBoa. « On dirait Carmen ! » Carmen Amélie Fatale se rengorge. Les chaussures font clac clac que c'est un bonheur. Rien qu'en fermant les yeux et en s'écoutant marcher Fatale entend Gilda ou Salomé ou Phoolan Devi la reine des bandits, rien que ça, en entendant ce clac clac fatal elle se voit comme si elle y était et l'heure est tragique l'heure est au sang l'heure est au théâtre et à la magie clac clac et BoaBoa, à côté d'elle, siffle un air de charmeur de serpents et soudain un quatuor de cobras, autour d'eux, danse la gigue, hou la hou la hou, et forme un ondulant cortège. Et la vie, alors, devient légère et Gilda Salomé Phoolan Devi Carmen Amélie Fatale, des rêves plein les yeux, se tourne vers BoaBoa et dit « viens, il faut que je te présente un mec. »

XIII

Dans la cuisine, un silence aussi impressionnant que le Titanic a figé Ulysse, Angélique et
Mercredi. Il paraît que le vulgus a chaud mais
quelque chose de terrible qui glace les os fait
que les trois compères claquent des dents (à part
Mercredi on imagine) comme s'ils étaient assis,
en maillot de bain (à part Mercredi on imagine),
sur la banquise. Ulysse regarde les larmes qui
glissent silencieusement sur le visage d'Angélique.
Angélique qui ne dit pas un mot et dont les yeux
ressemblent à deux fontaines. Ulysse regarde et
regarde et se dit en plus je suis un salaud en plus
je fais pleurer ma mère je fais pleurer la seule personne au monde qui m'aime comme jamais personne ne m'aimera et c'est ça qui est bien triste
il faut se l'avouer parce que l'amour d'une mère
est une chose mais bon. Ulysse regarde et regarde
et se dit il faudrait que je fasse quelque chose il
faudrait que je me lève là et que je me précipite
dans ses bras et que je lui dise que tout ça n'était
que des mots et les mots on sait ce que c'est mais

voilà je la regarde et je la regarde et ça ne me fait pas grand-chose pour être franc. Ulysse regarde et regarde et se dit en fait si ça me fait quelque chose mais quelque chose qui n'a plus rien à voir avec ce que je pouvais ressentir ne serait-ce qu'il y a trois jours parce que je sais maintenant que même si j'adore ma mère j'ai quitté ma mère je l'ai quittée à la seconde précise où j'ai vu Amélie à cette seconde précise ma vie a changé et je ne serai plus jamais une outre à moussaka qui parle comme ma maman adorée a envie que je parle. Angélique semble soudain toute petite toute cassée et toute vieille sur sa chaise. Ému, Mercredi s'ébroue et s'approche d'elle pour lui prodiguer quelques coups de plumes. « Brrrrou », murmure la bestiole à l'oreille papadiamantesque et maternelle, « brrrrou, ma pauvrrrre Angélique, les hommes sont des sauvages ! Brrrrou ! Nous les bêtes, au moins, on n'est pas des bœufs ! » Ulysse regarde et regarde et se dit je suis un salaud un sans cœur et sans pitié je vois ma mère consolée par cette horrible volaille et je ne réagis même plus et je ne frémis même plus parce que depuis cette minute fatale où mes yeux ont croisé ceux d'Amélie je suis brûlé au fer rouge au fer terrible de la passion et que ça a fait un grand pscccc-chhhh comme quand on marque les moutons à part que moi c'est mon muscle cardiaque qui est désormais estampillé et qu'à part Amélie hélas je me fous de tout et de tout le monde à part Amélie Pompon que je retrouverai que je séduirai que je gagnerai je me fous du tiers comme du quart même si les larmes amères d'Angélique Papadiamantès me fendent le cœur. Angélique soupire et regarde son fils unique et préféré. Ulysse essaie de sourire mais ce n'est pas vraiment convaincant. « Et à qui ressemble-t-elle ? » demande avec sympathie maman Papadiamantès. « À Crrrruella ! À Crrrruella ! » croasse Mercredi en se carapatant de peur des représailles.

Ulysse se concentre et compte jusqu'à treize avant de répondre qu'il ne sait pas à qui elle ressemble, qu'il est incapable de la décrire. Juste quand il l'a vue il a pu remarquer des yeux noirs avec des sourcils épais qui se rejoignent et pas grand-chose d'autre vu que quand il l'a vue ça a fait un truc électrique avec plein d'étoiles brillantes et elle était cachée dans cette espèce de nuage qu'on aurait dit une déesse certainement avec tous ses mouvements au ralenti parce que c'est sûr ils n'étaient plus sur terre ils étaient hors du temps et jamais il n'avait vu ça et depuis il se sentait perdu comme s'il avait perdu son centre de gravité et s'il ne la retrouvait pas elle la cause de cet extraordinaire éblouissement il en était certain il allait crever parce que de toute façon sans elle sa vie n'avait plus aucune importance il se sentait à côté de ses pompes il se sentait comme s'il était malade il ne savait pas que ça pouvait exister des sentiments pareils il n'en dormait plus il n'en pouvait plus c'était quelque chose de terrible finalement – genre un tremblement de terre – et il se sentait extrêmement fort et grand et extrêmement fragile et minuscule et il avait envie de chanter et il avait envie de pleurer et est-ce qu'elle avait vécu ça elle, la plus adorable des mères, est-ce qu'elle avait un jour perdu le nord à ce point ?

Angélique regarde longuement son fils et soupire. « Moi je dis », intervient alors Mercredi, « moi je dis qu'il est mûrrrr ! Il est mûrrrr ! » « Mercredi ! » reprend Angélique en souriant, « Mercredi ! il ne faut pas se moquer de l'amour ! Ce n'est pas parce que tu as le cœur sec comme la pierre qu'il faut ricaner bêtement ! » « Et toc ! » reprend Ulysse en se tournant vers l'oiseau des îles qui, vexé, se drape dans une toge de silence qui repose tout le monde.

En parlant de repos, rue Longue, ça swingue entre les Pompon. Il est connu et archi-démontré dans tous les magazines de parapsychologie éducative que, pour leurs parents, les enfants jouent 99 fois sur 100 le rôle de la pomme de la discorde. À l'heure qu'il est, Angèle est une femme au bord de la crise de nerfs. D'un seul coup, la digue a lâché et le flux obsédant et visqueux de récriminations noires commence à envahir le salon. César s'est assis, bien calé dans le canapé en cuir maous. Pour toi, cher lecteur, nous avons fait une sélection des propos les plus percutants. « Et toi c'est tout ce que tu trouves à dire ! Qu'avec son tatoué ta fille te ressemble parce que tu as été amoureux d'une fille qui avait le pied bot ! Donc, si elle te ressemble, tout va bien. Mais je rêve ! Je suis dans le cosmos comme dirait Amélie ! Je peux te dire que si elle te ressemble, tout va mal, mais alors tout va très mal, mon pauvre César ! Tu es une calamité ! » « Angèle, tu exagères, tu as toujours tout exagéré, tu te fais du mal pour rien ! » « Pour rien ! Pour rien ! Mais tu l'as vu ? » « Qui ? » « Qui ? Qui ! La reine d'Angleterre ! Saint François d'Assise ! Raspoutine ! César ! Tu te moques ! » « Mais non oui je l'ai vu le copain d'Amélie si c'est ça que tu veux dire. » « Et c'est tout ce que ça te fait ? Mais que va devenir notre fille ? Il doit vivre dans un squat pour être peinturluré comme ça ! Il doit se droguer ! Il doit être séropositif ! » « Angèle, tu exagères, tu as toujours tout exagéré, tu te fais du mal pour rien ! » C'est alors que dring fait la sonnette. Un rictus de haine foudroie le visage d'Angèle. « César ! Si c'est encore la Mattieu, je te le dis tout de go, je ne sais pas comment je m'y prends mais je la tue. » « Bon ! » bougonne César, « j'y vais. » Cette journée commence à peser ; l'homme lassé se dirige lentement vers la porte, respire un grand coup, tourne la poignée et regarde de l'autre côté. « Alors ? » demande la voix irritée d'Angèle. « Alors rien », répond César fatigué. « Comment ça rien ? » « Rien, rien, rien ! Qu'est-ce que tu veux que je te dise moi ! Je ne vois personne. Ça a sonné mais il n'y a personne.

Moi j'ai bien vu ce matin ma mère assise sur le buffet du salon ! Ça peut bien se mettre à sonner tout seul ! » Angèle fonce dans l'escalier, grimpe au quatrième, descend au premier, referme la porte et soupire en s'asseyant près de César sur le canapé maous qui craque. « Peut-être qu'on devient fous ! » murmure-t-elle. « Moi je dis », dit César, « que c'est la chaleur, que là ça prend des proportions dingues, ils nous ont prévenus ce matin à la radio que ça allait être une journée d'enfer une folle journée des heures incroyables un truc qu'on n'a jamais vécu. » « Peut-être qu'on devient fous ! » bisse Angèle accablée. « Moi je dis », poursuit Pompon, « je dis que l'autre, là, le monstre, je dis que c'est une vision itou ! On a halluciné ! Peut-être qu'il y a des gaz dans l'air, va savoir, une vapeur que la chaleur dégage et qui nous embrume les circonvolutions, qui nous rend l'œil délirant à voir des éléphants roses alors qu'en fait on a juste pété les plombs ! Peut-être qu'on rêve, qu'on croit qu'on ne rêve pas mais qu'en fait on rêve. Peut-être qu'il faudrait se pincer pour se réveiller ? » Angèle est toute tassée sur le cuir maous. « Mais alors si on se réveillait », poursuit Pompon pour lui-même, « si on se réveillait vraiment, qu'est ce qu'on verrait ? »

Dans le salon pomponien, deux humains, en silence, transpirent en ne sachant plus quoi penser. « Oui mais », reprend Angèle, « la Mattieu l'a bien vu aussi. » « Qui ? » « Ben BoaBoa. » « La Mattieu ! » rigole César, « Mais la Mattieu a bien vu Amélie dans le métro en train de faire la manche ! » « C'est vrai ça », opine Angèle, « alors peut-être que c'est vrai que c'est des visions… » murmure Angèle qui trouve que c'est bien pratique soudain cette histoire de gaz qui brouille. Dans le salon pomponien, les esprits de Monsieur et Madame essaient de se calmer. « Et comment elle s'appelait la fille au pied bot ? » demande Angèle d'une voix mal assurée. « Comment ? » gigote César. « Oui. Comment ? Et comment ça se fait que tu ne m'en as jamais parlé ? »

« Le premier amour », se décide à annoncer Angélique, « le premier amour est souvent le plus pur. Après, c'est déjà un après. Après, on a déjà un passé. Alors que le premier amour… » Ulysse regarde sa mère avec étonnement. « Comment s'appelle-t-elle ? » demande la voix maternelle. « Amélie Pompon », répond l'enfant gêné. « Il faudra lui dire de venir à la maison. Je lui préparerai un splendide repas. Nous fêterons votre rencontre. Tu pourras le lui dire. » Ulysse regarde Angélique et se dit j'aime ma mère mais elle ressemble à toutes les mères. Comme toutes les mères, elle ne pense qu'à me gaver. Comme toutes les mères, elle dévore sa progéniture. Dévore avec amour le fruit de ses entrailles. Ulysse regarde Angélique et se dit je suis un salaud je ne lui dis même pas merci je n'ai jamais été aussi loin d'elle je n'ai jamais été aussi loin de tout j'étouffe dans

119

cet appartement j'étouffe avec mon estomac plein j'étouffe dans cette pièce qui ressemble à un cocon j'étouffe avec ma mère qui m'étouffe avec ses bonnes intentions ses sages décisions son indéfectible amour je crève je crève de trouille parce que les yeux d'Amélie m'ont déclaré la guerre parce que si je perds je ne le supporterai pas. Un drôle de silence tombe rue Fernando Pessoa. Angélique s'est levée pour débarrasser la table et laver la vaisselle. Oh les pensées mélancoliques pendant que le Mir supra antibactérien goutte à goutte sur les assiettes graisseuses. Oh le fil des souvenirs oh les raisonnements cahotiques sous l'eau brûlante du robinet. Il fallait bien que ça arrive. Il fallait bien que mon Ulysse tombe amoureux. Il fallait bien ce qu'il faut bien à tout le monde mais qu'est-ce que ça fait mal ce bien-là. Oh les mélancoliques pensées et l'avenir, soudain, de se racornir et le cœur, soudain, de se contracter. Un étrange silence est tombé sur la vie d'Angélique qui pense aux années passées, qui entend encore la voix joyeuse d'Ulysse qui lui disait que quand il serait riche, quand il serait célèbre, il leur offrirait une maison, à elle et à Mercredi, une maison comme il n'en existe pas, une maison grande comme le palais de Mycènes, avec des murs ocre et lumineux, où il ferait bon vivre, où il n'y aurait pas de voisins bruyants, pas d'odeurs tristes, pas d'Amélie Pompon ; une maison grande comme un vaisseau, une villa de marbre avec un jardin empli de lauriers-roses, avec des terrasses bordées de

cyprès, de chênes-lièges et d'oliviers, avec un parc
où l'ombre serait généreuse ; et là les journées passeraient ; et là, elle l'avait cru, là ils dormiraient
jusqu'à la fin du monde.

XIV

Sur les dalles de béton, l'énorme magnéto, posé à même le sol, diffuse une musique qui braille. La chaleur fait son numéro. Les patineurs évoluent avec grâce. Fatale et BoaBoa attendent tranquillement. Quelques curieux, autour d'eux, les regardent avec stupéfaction. « Ben ça alors là ben ça t'as vu là ça m'en bouche un coin un mec peinturluré comme ça ! » « J'peux toucher dis m'sieur ? » demande un môme, les yeux vastes comme des soucoupes. Puis, pour varier les plaisirs, nos athlètes à roulettes placent un énorme échafaudage en plein milieu de la scène et c'est à qui bondira par-dessus. Le ballet s'organise et, dans la boîte à musique, conga, bonga, darbuka et karkabu s'emballent et ça vous ébranle la tripe en cadence. En un mot, cher lecteur, la salle commence à chauffer lorsqu'un cri qui paralyse fige soudain l'assemblée. Les rollermen, comme nous, ont compris et se garent. Une énorme silhouette déboule sous les yeux du public en hurlant « Yatak ! Yatak ! Haaa ! » Et c'est de la même façon que précédemment (id est à reculons et à fond) que l'être fait un triple saut périlleux un mètre au-dessus de l'échafaudage et retombe sur ses pattes comme si de rien n'était. Ébahie, la foule applaudit. Yatak ! Yatak ! Haaa ! éructe l'immense en se tournant direct vers Fatale.

« Attila, je voulais te présenter BoaBoa. Boa-Boa, je voulais te présenter Attila. » Fatale n'en dit pas plus. Les deux géants se regardent droit dans les yeux. On ne peut pas dire que ce soit le grand amour. Fatale fait comme si de rien. Et poursuit : « Ça ne vous dirait pas de faire quelque chose que les gens c'est sûr ils ne nous oublieront jamais ? Un truc pour dire que nous on ne se fera pas avoir. Que leur vie c'est une vie de n'importe quoi. Que tout ce que eux aiment, nous on crache sur. Un truc pour montrer qu'on est libres, qu'on n'est pas des ratatinés du bocal de la société. » « Tu es pas excitée toi des fois ? » grogne Attila, « C'est complètement con ce que tu viens de dire. » Fatale ne pipe pas. « Et pour-quoi ? » demande BoaBoa. « Parce que moi j'en ai rien à faire des gens, moi je crache pas sur leurs trucs, moi si je les avais leurs trucs ça me ferait pas chier, je serais pas là à parler de liberté, c'est des trucs de gens qui ont pas le pou-voir la liberté, c'est complètement con la liberté, c'est de la pommade, ça existe même pas. » « Un surdoué ma parole ! » s'exclame BoaBoa, « Du premier choix ! » « Jmecasse sinon je lui explose la gueule », gronde Attila en faisant mine de s'éloigner au triple galop. « Hé ! Attila ! » appelle BoaBoa, « Attila ! Et si on faisait plus simple ? Si on disait qu'on allait tout casser. Pour le plaisir. Parce que ça nous fait marrer. Parce qu'on aura plein de fric avec et qu'on pourra se payer tout ce qu'on voudra. Ça te va ? » « C'est moins con ; y a pas à dire, c'est nettement moins con ! » concède l'athlète à roulettes. « On commence quand ? » « Le temps de tout mettre au point ; ce soir, à minuit », reprend Fatale, « rendez-vous en bas de chez mes vieux, rue Longue, à minuit. »

Rue Longue, Angèle replace la bata shoe sur le coussin bleu brodé d'or. Pompon s'est installé peinard sur le canapé maous. Objectif numéro un : la sieste. Gaz qui brouille, monstre du Loch Ness, révolution, il peut se passer tout ce qu'on veut, on ne changera pas les horaires de Monsieur qui est réglé pire qu'une montre suisse. Angèle rumine. Angèle doute. Et se dit que c'est encore un coup de César cette histoire de gaz, encore une façon de s'en tirer sans se fatiguer. Comment une vision peut-elle manger un saladier entier de mâche ? Comment ? Angèle transpire. La chaleur tue lentement. En fait on n'a même pas besoin de gaz, en fait on ne veut rien voir et on ne voit rien, on ne veut rien entendre et on n'entend rien, en fait on s'en fout. César s'en fout de sa fille et de ce qu'elle peut devenir. Il a juste besoin qu'elle rentre dans ses cases, et puis après bernique. Un tatoué égale une pied bot donc tout va bien. Et elle, dans quelle case il l'a mise depuis toutes ces années ? Angèle se dirige vers la cuisine. Oh la vision de la vaisselle grasse et des serviettes même pas pliées, oh les minutes lourdes pendant lesquelles la femme se traîne entre la table et l'évier, entre Rex citron et torchon mouillé, oh ces quarts d'heure mécaniques – et l'on commence par les verres puis les assiettes puis les couverts puis les plats, et les mains fonctionnent comme des robots, et l'esprit, mou, flotte dans la sauce du gigot –, oh ces minutes anesthésiantes aliénantes reposantes. Angèle l'a remarqué ; débarrasser la table a le même effet amollissant que certains cachets. Finalement c'est rassurant de faire le ménage. Finalement quand on n'a plus rien on a encore ça. Et puis nettoyer ce qu'on a sali, ça donne bonne conscience. Il y a de la dignité là-dedans. Il y a de l'humain. Angèle pense à tous ces gens sales qui vivent dans des bouges. D'ailleurs le BoaBoa, elle met sa main à couper qu'il doit se laver une fois tous les trois mois. Rien que d'y penser ça lui donne des picotements aux tempes. Nous, répète-t-elle pour elle-même, nous on ne sort pas, on ne voyage pas, on ne voit personne, on ne fait rien, mais au moins on est propres ! César, sur le cuir qui craque, commence à ronfler. L'eau brûlante coule sur les mains d'Angèle protégées par de longs gants en caoutchouc rose. Elle non plus elle n'en a pas grand-chose à faire d'Amélie finalement. Si elle essaie d'être objective. Elle voudrait

126

qu'elle ait une bonne situation et qu'elle fasse un bon mariage pour qu'ils soient rassurés, César et elle. Pour se dire on a fait ce qu'on devait faire basta. D'abord elle, elle aurait préféré un garçon. Elle a toujours dit qu'un garçon ou une fille ça lui était égal. Mais dire ça quand on a une fille, ça veut bien dire ce que ça veut dire. Et puis elle est plutôt pas mal Amélie. Elle est plutôt jeune. Elle va plutôt se marrer si elle n'est pas gourde comme sa mère. Elle ne va pas s'encombrer d'un César. La température dans l'évier devient nucléaire. Déjà le BoaBoa ça ne doit pas être la même chanson. Angèle frissonne. Puis les mains gantées de rose s'attaquent au plat de résistance. Pourtant, un jour, elle, elle a rêvé d'avoir un idéal, d'avoir, dans la vie, un but plus grand, plus noble que ce minable appartement de la rue Longue. Un espoir qui, dans la vie, vous tient comme c'est écrit dans les livres. Une histoire à la va-je-ne-te-hais-point et compagnie. Ça, ça avait de la gueule. De la passion, des combats et la mort pour commencer. Le plat heurte violemment les parois de l'évier. Mais que s'est-il passé pour en arriver là ? Comment a-t-elle pu s'oublier et se dédire à ce point ? L'eau gicle, brûlante, sur le carrelage astiqué. Et Amélie qui ressemble à son père, en fait. Son portrait craché. Aucun romantisme. Aucune ambition. Et même, c'est évident, une certaine vulgarité, un côté gras comme ce plat qu'il va falloir laisser tremper tout l'après-midi, un côté gras qui rit gras quand on la pince gras. Non, finalement, elle n'en a pas grand-chose à faire d'Amélie ; elle sait que sa fille ne sera jamais de son côté, ne prendra jamais sa défense. Elle n'est pas aveugle. Elle s'est trompée sur toute la ligne et il ne lui reste plus que ses propres mensonges. Le ronflement de César, à côté, devient une véritable scie. Trente ans que j'entends ça ! s'excite Angèle dans l'évier. Trente ans ! Est-ce que les autres sont comme moi, se demande l'épouse angoissée. Est-ce qu'elles sont aussi écœurées et terrifiées que moi, se demande l'épouse esseulée.

En dessous la Mattieu veille. Les cinq sens en alerte. Elle est sur LE coup. Elle le sait. Un coup comme ça faisait longtemps. Ah ah ah, glousse-t-elle la vache pas folle, ah ah ah, ils croient que leur fille est une sainte-nitouche, ah ah ah, des clous mais des clous ! Cette Amélie ! Une engeance ! Une fille qui commettra les pires exactions sous le nez de ses parents avachis ! Heureusement je l'ai à l'œil ! Heureusement je me méfie ! Il faut toujours se méfier. De tous, de toutes, de tout ! Dans la vie, il n'y a personne ! Dans la vie, c'est débrouille. Je le sais moi ! Je ne suis pas comme ces Pompon qui sont à côté de la plaque ! Dans la vie, il y a la haine. La haine que les autres ressentent pour vous. Et la haine que vous ressentez pour les autres. Dans la vie, elle, madame Mattieu, elle a de la ressource et de la rigueur. Amélie s'est trahie. Il y a trop d'indices. Le crachat dans le métro, la bata shoe, ce jeune homme avec le perroquet, le monstre du Loch Ness. Il se prépare quelque chose de louche. Et ce n'est pas une petite garce de dix-sept ans qui va faire la loi parce que elle, madame Mattieu, les jeunes, elle sait ce qu'il leur faut : des baffes, des baffes et encore des baffes !

Au-dessus, cher lecteur, César ronfle comme un Cosaque. Un peu plus qu'hier, un peu moins que demain, l'être, qui n'a d'impérial que le prénom, a branché la sono. Ça n'a même plus rien d'humain. Ça emplit toute la pièce, ça soulève les rideaux, ça sort dans la rue, ça agresse l'air plutôt morne de cet après-midi de juillet, ça s'élève, ça monte, ça monte, ça provoque une série de secousses sismiques dans la croûte bien molle de chose avariée qui flotte encore au-dessus de la ville, ça va même plus haut, ça grimpe jusqu'à la troposphère, jusqu'à la stratosphère, jusqu'à la mésosphère. D'ailleurs, je vous le demande, à cette hauteur, dites, qu'est-ce que l'homme ? J'imagine qu'on doit geler, que le néant qui n'a même pas de couleur ne rigole pas et que, là-haut, les aventures d'Ulysse Papadiamantès et d'Amélie Pompon ne sont pas vraiment à l'ordre du jour. D'ailleurs, je vous le demande, à quoi bon penser à tout ça qui est bien trop effrayant et contre quoi l'humain ne fait pas le poids ? À quoi bon se fouler la rate ?

Lorsque reviendra le printemps, peut-être ne nous trouvera-t-il plus en ce monde ? Et toi, infatigable lecteur, quelle histoire catastrophique et alambiquée dévoreras-tu, toi qui m'auras déjà vouée à l'oubli et aux cendres définitives ?...

XV

Ulysse, derrière ses lunettes, retrouve l'autre monde – celui qui te nargue, lecteur, le monde des contes et des lieux imaginaires. Un monde où les boudins sauvages sont en guerre avec la colonie farouche des andouilles, où, sur des îles flottantes, de frêles et pâles créatures font l'amour avec tous les pauvres malheureux qui passent et qui, juste après, deviennent sourds comme des pots à vie, où les mots s'en payent une tranche et résonnent comme Scaricrotariparagorgouleo, la célèbre capitale de Leutalispons – dont les habitants ont comme principe de toujours suivre leur pensée première et de n'en avoir jamais de seconde –, où le château d'Yspaddadenpenkawr, depuis toutes ces années, s'éloigne inexorablement dans les brumes du lac aux vagues mugissantes alors que le voyageur égaré qui marche depuis trois siècles croit bêtement s'en approcher, où existe réellement cette contrée désertique et introuvable sur laquelle règne un serpent qui fend les roches par la seule puissance de son regard.

Ulysse ouvre de grands yeux absents sur la ville qui s'étend à ses pieds. Il ne voit rien. Accoudé à sa fenêtre, avec un peu d'attention, il pourrait pourtant s'extasier devant les vingt tours de béton armé, véritable prouesse architecturale, qui s'élèvent à sa gauche – de hideuses choses de soixante étages aux murs couverts de fresques roses et jaunes. Des tours auxquelles la municipalité a donné des noms. Parce que la laideur ne suffit pas. Le locataire peut ainsi déprimer à son aise dans les clapiers de la tour Anatole France, de la tour Victor Hugo, de la tour Arthur Rimbaud… Avec un peu d'attention, Ulysse pourrait contempler les grands magasins qui ne sont pas loin et les parkings immenses. Il pourrait enfin admirer, béat, la masse impressionnante de béton urbain tagué dessus dessous à gauche à droite, véritable jungle graphique, admirer les avenues, les boulevards, les rues, les impasses sans nombre où fume le macadam noir, les élégantes et désuètes armatures en ferraille du métro aérien qui s'insinue entre les façades et s'arrête souvent à deux mètres devant la cuisine vert pomme d'une femme qui s'ennuie et qui, pour avoir une idée plus juste de ses contemporains, la vache, regarde matin midi soir passer les rames. Mais bien loin du monde, planqué derrière ses lunettes, Ulysse ne voit rien.

Près de lui, discret comme l'ombre, Mercredi examine son jeune maître et se dit qu'il a vraiment pris un sérieux coup sur la calebasse. L'animal, immobile comme la pierre, trouve que, même pour un perroquet, il commence à faire chaud. Figé tel le marbre antique, l'oiseau se dit que les humains sont de pauvres types qui n'ont pas le sens commun. Quelle idée de s'enticher à ce point d'une vision ! « Brrrr ! » manifeste soudain le volatile, « Brrrr de brrrr ! » Mais Ulysse, en plein nirvana, ne réagit toujours pas.

Soudain la voix rassurante du présentateur, dans la télé du voisin d'à côté, se met à annoncer : « Particulièrement alléchant, sinistrement horrible, mesdames et messieurs, dans notre ville, les quatre cents coups d'un groupe de jeunes de treize et quatorze ans qui ont, en une seule matinée, arraché la langue, coupé le nez, torturé et mis à mort six octogénaires qui passaient par là, dévalisé et mis le feu au lycée Raymond Queneau, fait monter de force et violé dans leur voiture volée une pauvre cul-de-jatte muette qui, choquée par l'agression, a été conduite d'urgence à l'hôpital. La police, heureusement, a procédé à l'arrestation de la bande dont le chef, tranquille, a déclaré aux journalistes c'était super, on s'en fout, mort aux vieux... » « J'ai déjà entendu ça quelque parrrrt ! » remarque Mercredi en se grattant le dos. Extrêmement tragique, le présentateur poursuit : « Particulièrement inédit, mesdames et messieurs, dans notre ville, la vague de chaleur, ce matin, a battu tous les records. Jamais, jamais, il n'a fait aussi chaud ! Nos confrères de la chaîne nationale ont décidé de vous mener en bateau, de vous vanter les mérites du Justin Bridou et de la choucroute d'Alsace ! Nos confrères de la chaîne nationale sont des charlatans ! Ne l'oublions pas : un homme informé vaut dix femmes ! Alors, pour vous, mesdames et messieurs, en direct sur notre chaîne, nous avons décidé de mener l'enquête sur les effets désastreux de cette vague de chaleur sans précédent. Pour vous, mesdames et messieurs, nos plus valeureux journalistes sont allés sur le terrain. Pour vous, ils témoignent ! Jean-Luc ? Jean-Luc c'est à vous ! » Curieux, Mercredi se poste sur le balcon du voisin pour mater. Jean-Luc, en maillot de bain, le visage congestionné coiffé d'un shako, essaie d'interviewer un homme allongé sur le trottoir. « Ici Jean-Luc, c'est bien moi, Jean-Luc pour la chaîne privée Dents de Pute, je suis ici dans les rues les plus chaudes de notre ville où les habitants, comme vous pouvez le constater vous-mêmes, n'ont plus la force de se tenir debout tellement ça cogne mesdames messieurs ! Voilà un quart d'heure que j'essaie de faire parler l'homme que vous voyez couché à mes pieds, que j'essaie de faire parler un homme qui ne répond plus mesdames messieurs ! Un homme quasi en train de rendre l'âme, comme tous les habitants de ce quartier où les êtres tombent telle la reinette blette ! Que fait le gouvernement ? » Énervé par le maillot de bain de Jean-Luc, Mercredi se gratte furieusement le bec. Extrêmement tragique, le présentateur reprend la parole : « Merci Jean-Luc merci. La chaleur, autant le dire, ne va pas s'arrêter en si bon chemin. Mesdames et mes-

sieurs, ne vous bercez pas d'illusions ! Le bilan
à l'heure actuelle est de deux cents morts et huit
cents blessés graves. Sur notre chaîne, mesdames
et messieurs, vingt-quatre heures sur vingt-quatre,
la chaleur fait la une ! Prochaines estimations et
précisions sur le sujet dans une heure. Dans le
reste du monde, en bref : des inondations sans
précédent en Chine, on parle de plusieurs milliers
de disparus ; un attentat meurtrier à Madrid a
fait huit morts ; un 747 d'Air France a explosé
quelques minutes après son décollage de l'aéro-
port de Miami, l'hypothèse de l'attentat est hypothétique, il n'y a aucun survivant ; une femme de
soixante-dix ans a accouché ce matin, dans la pres-
tigieuse clinique du professeur Carpaccio à Rome,
de splendides triplés barbus aux oreilles pointues
et aux yeux rouges ; mesdames et messieurs, nous
vous souhaitons une excellente maladie ! » « Tu
as entendu, Ulysse ? Corrrrne de brrrrume ! Tu
as entendu ? » s'exclame Mercredi. Mais Ulysse,
accoudé à sa fenêtre, ne répond toujours pas et,
derrière les carreaux épais de ses lunettes, ne voit
toujours rien de notre ici bien las. « Ouhouh ! »
appelle la volaille. Des clous. Ulysse, accoudé à
sa fenêtre, reconnaît les brumes enchanteresses
des rêves anciens et prononce des paroles incompréhensibles que nous ne traduirons pas – paroles
destinées aux délicieux habitants de Laputa qui
ont la tête penchée soit à droite, soit à gauche,
un œil tourné vers l'intérieur et l'autre fixé sur
le zénith. « Ouhouh ! » recommence la volaille

inquiète. Des clous. Ulysse, derrière ses lunettes, divague et se souvient de l'autre monde – celui que tu as peut-être oublié, lecteur, le monde de l'enfance et des histoires mirobolantes. Le monde où le temps avait réellement suspendu son vol, où tout semblait si vrai. Où, en prenant le train La Flèche d'Or, on arrivait sans peine à Trifouillis-les-oignons. Où, en sifflotant, tout près de la côte de la mer Dangereuse, on arrivait au Tendre. Où, l'air de rien, en se frottant les yeux, on volait jusqu'à Hyperboréa, terre délicieuse et fertile où le soleil ne se lève qu'une fois par an, au milieu de l'été, et ne se couche qu'une fois au milieu de l'hiver. Hyperboréa, où le chagrin, comme Amélie Pompon, étaient inconnus...

Mais les années ont chassé les années et ce qui était vrai est devenu incertain. « Nimpatan, Makalolo, Migrevent, le palais des Confettis, Tracoda, Abaton », murmure Ulysse accoudé à sa fenêtre pendant que Mercredi, paniqué, appelle Angélique à la rescousse.

Elle sort des vécés publics, elle a mis son jean délavé troué aux fesses, un polo tatoué El Che vive et ses baskets rouges. On atteint les 55°. C'est Hiroshima ! dit-elle en regardant le ciel sans nuage qui est d'une subtile couleur jaune gris noir. Keskonspran ! La ville est morte. Le béton sue et l'eau des fontaines s'est évaporée. Elle n'a pas envie de rentrer tout de suite rue Longue. Elle a quitté Attila et BoaBoa après leur avoir donné rendez-vous. Elle se sent bizarre soudain et décide de poursuivre sa longue marche sans but. Elle traverse des places, longe des allées, ignore de splendides façades, oublie de tirer la langue aux statues, marche, se perd, trouve le fleuve qui a le teint d'un cadavre trois ans d'âge. L'eau, huileuse, stagne. Sur la passerelle, Fatale regarde les quais désertés, les arbres rachitiques et l'autre pont, loin devant elle, sur lequel avancent quelques rares voitures. Le silence a pris la ville d'assaut. Le silence écrase la jeune fille qui, pour la première fois, ressent quelque chose qui pourrait être de l'inquiétude. Un énorme bateau noir glisse avec lenteur entre ses jambes. Ou quelque chose qui pourrait être de la lassitude. Le silence pèse sur les toits. L'air, malsain, colle. Sous le pont Mirabeau qu'est devenue la Seine ? Les jambes de Fatale se mettent soudain à trembler. Énervée, elle gagne l'autre rive, s'éloigne encore, se perd encore dans le labyrinthe urbain. Marcher la grise et la calme. Aujourd'hui la fureur s'éteint. Aujourd'hui, soudain, elle se sent si vide qu'elle en pleurerait. Sur la chaussée, le goudron mou et brûlant fait blop blop. Bientôt, sous ses pieds, la chaleur devient insupportable. Merdum ! s'indigne-t-elle en essayant de ne pas poser pied à terre, merdum ! C'est alors que sa basket gauche rend subitement l'âme et fond sans prévenir. Merdum ! s'indigne-t-elle, des pompes qui fondent ! Qu'est-ce que c'est encore ces godasses ! Heureusement que je les ai volées ! C'est alors qu'à cloche-pied, là, à deux pas, elle se dirige vers le premier square venu et s'assied, épuisée, sur un banc qui lui rappelle aussitôt le chapitre V du présent roman.

XVI

Autour d'elle, le gazon ressemble à une descente de lit fripée qui a perdu ses plumes et qui
a des trous partout. À l'origine, ça devait être
vert. En fait, autour d'elle, ça ressemble à ce que
ça doit être sur Mars. Une terre avec rien, juste
des creux et des bosses. La mare aux canards,
vers le troisième peuplier, a perdu son eau et
ses canards. Il y a juste la tache. On dirait une
grosse bassine vide. Seuls résistent les pigeons.
Des pigeons gras comme des oies. Des bestioles
tellement lourdes, nourries par toutes les vieilles
du quartier, qu'elles sont scotchées. La colonie
est là, en rang d'oignons, inerte, muette, la tête
pendante, l'œil fermé, la colonie qui ne forme
qu'un seul corps gris noir laid. Les trois peupliers
exsangues ont perdu leurs feuilles. Tout nus les
arbres. Comme en plein hiver. Je serais eux, à
l'Environnement, je m'inquiéterais sérieusement
parce que ça ressemble à une véritable révolution
si les feuilles foutent le camp en été. Ça commence
avec les arbres. Mais après, va savoir jusqu'où ça

peut aller. Elle regarde. Super le square, rumine-t-elle, c'est joyeux ici. En regardant de plus près, les arbres ont la lèpre. Des plaques bizarres et une espèce de pus qui sue et émet une drôle d'odeur qui a l'air de venir des troncs cloqués. Comme si les arbres lâchaient un fumet non identifiable. Elle se dit c'est ma chance ! Peut-être qu'en prime je vais être gazée ! Le banc lui brûle les fesses. Elle n'a plus qu'une basket et ne voit vraiment pas comment elle peut retourner jusqu'à la rue Longue. Pas un être humain. Le grand vide. Qui lui rappelle brutalement son propre vide intérieur.

Et alors là bonjour, rigolent les peupliers du square. Entre nous, ton plan avec tes petits amis, c'est raté d'avance ! Tu vas te faire avoir parce que tu ne maîtrises rien. Ils sont bien plus forts que toi et te prennent pour la petite fille à papa maman qui fait sa crise d'adolescence. D'ailleurs ils ne sont pas les seuls à penser ça. Amélie rumine sur le banc qui brûle. Et votre action d'éclat va changer quoi ? Le banc brûle, Amélie s'amollit. Une odeur étrange vient chatouiller ses narines. La chaleur devient inqualifiable et la jeune fille sent des picotements aux tempes. D'un coup, elle est dans une marmite luciférienne et se dit qu'elle est foutue lorsqu'elle voit les peupliers s'approcher d'elle, doucement, doucement, et se gondoler en chantant mon manège à moi c'est toi ! Une dernière fois, alors, elle perçoit de façon aiguë son confortable vide intérieur et, trois dixièmes de seconde avant de tomber dans les pommes,

voit fondre sur elle, bec et griffes extrêmement
agressifs, un splendide aigle noir.

« Corrrrne de brrrrume ! » glapit Mercredi en
voletant autour du corps inanimé de la belle au
bois, « C'est bien elle ! Je la rrrreconnais ! Elle a
encorrrre perrrrdu une chaussurrrre ! C'est une
vérrrrritable manie ! » La volaille se pose sur le
banc et scrute. La respiration est régulière. On
dirait que la demoiselle s'est endormie. Mercredi,
agacé, s'approche et pince le bras droit. Aucune
réaction. « Brrrr ! » Pince le bras gauche. Aucune
réaction. « Brrrr de brrrr ! » À tire-d'aile, l'oiseau
remonte chez les Papadiamantès, fonce dans la
cuisine où Angélique et Ulysse se regardent tris-
tement dans le blanc des yeux, grimpe sur le frigidaire et annonce : « Oyez, brrrraves gens, oyez !
Écoutez l'oiseau des îles ! Oyez ! » « Ah la la ! »
soupire Ulysse, « ça faisait longtemps ! » « Pauvrrrre garrrrçon ! Si tu ne m'avais pas, moi la plus
adorrrrable et la plus intelligente crrrréaturrrre
de ce rrrroman, je me demande bien comment tu
t'en sorrrrtirrrrais ! Oyez ! Oyez ! Devinez qui est
avachie surrrr le banc le plus sale du squarrrrre ? Qui
a encorrrre perrrrdu une chaussurrrre en rrrroute ?
Qui rrrroupille comme une morrrrte ! » « Morte !
Amélie ! Morte ! » bondit Ulysse par-dessus chaise
et table par-dessus monts et vaux. « Pas d'affo-
lement, chèrrrre Angélique », promet l'oiseau au
ventre rose, « je suis toute l'affairrrre ! » La porte

d'entrée est pulvérisée. Ulysse écrase Bichon, la pauvre bête, qui somnolait au rez-de-chaussée et qui ne comprend pas ce qui lui arrive. Plein gaz, l'être au cœur chamboulé et aux pieds auréolés de poussière déboule dans le square et pile devant le banc.

Elle est là. Elle. Elle est là. Il n'en croit pas ses yeux. Lui. Il la regarde. Elle. Qui est là. Et lui qui la regarde qui la reconnaît qui la mange des yeux. Elle. Là. Sous son nez. Sur le banc. Royale, théâtrale, magnifique, admirable, éclatante, insolite, unique, scintillante, éblouissante, irremplaçable, incomparable, extravagante. Là. Elle. Allongée, endormie, inanimée mais si belle, si tellement elle, celle qu'il attend, lui, depuis la nuit des temps. Ce n'est pas pour des prunes qu'il a mis tant d'années à vaincre tous les obstacles, à braver tous les dangers, à lutter, tailler, pourfendre, couper en morceaux, décapiter, occire. Ce n'est pas pour des prunes qu'il a tant souffert. Il comprend aujourd'hui en regardant le cher corps immobile. Il comprend qu'il est arrivé à bon port, il lui suffit de se pencher lentement vers le tendre visage aux yeux clos. Il suffit que ses lèvres doucement suavement épousent les lèvres suaves et douces du tendre visage endormi.

« Ça ne marrrrche pas ! » commente Mercredi posté à quelques mètres. « Ça ne marrrrche pas ! Ce n'est pas la bonne nana ! » Ulysse ignore les commentaires de la bestiole et se penche de nouveau vers l'élue. Qui reste de marbre. « Au lieu de

déconner, moi, j'appellerrrrais un sos-médecin ! »
poursuit la volaille. Ulysse, livide, prend la jeune
fille dans ses bras et se dirige vers l'immeuble.
Mercredi a déjà prévenu Angélique qui a déjà
appelé le sos-médecin lorsque le jeune homme fait
une entrée théâtrale avec Amélie Pompon, inerte,
dans les bras. « Mais elle n'a qu'une chaussure ? »
s'étonne Angélique. « Elle perrrrd toujourrrrs
des tas de trrrrucs en rrrroute ! » répond l'oiseau
vert et bleu, « Ça lui donne un genrrrre. » Ulysse,
livide, oublie d'engueuler la volaille qui, déçue, se
drape dans sa toge de silence qui envahit soudain
l'appartement papadiamantesque. Les secondes
font tic tac tac tic. Angélique regarde son fils qui
regarde la fille. Il a raison Mercredi. Elle n'est pas
jolie jolie cette Amélie. Même évanouie, elle a l'air
furieux. Et puis ces grands sourcils noirs qui se
rejoignent. Pauvre Ulysse ! Il va se faire dévorer !
Ulysse regarde Amélie qui ne le regarde pas. Si à
trois elle se réveille, ça voudra dire qu'elle m'aime,
un deux trois. Rien. Non, si à trois elle respire un
peu plus fort, ça voudra dire qu'elle m'aime, un
deux trois. Rien. Non, si à trois… C'est alors que
drrrrring fait la sonnette alerte qui fait sursauter
le perroquet qui dormait et qui tombe soudain en
ânonnant poifjgzriuvc mdi j ldruql fj sdkj rhaaaaa
dans la poubelle. Ulysse bondit pour ouvrir la
porte à monsieur le sos-médecin. Cartable en
cuir mou à la main, celui-ci ausculte le jeune
homme de l'œil et diagnostique instantanément
« le pancréas, mon garçon, le pancréas, avec cette

chaleur ça ne peut être que ça, agenouillez-vous »,
dit-il en sortant une espèce de machin en ferraille
qu'il plante dans les narines d'Ulysse ahuri qui le
regarde sans rien dire. Et l'homme de science dit
dites 49765999 et Ulysse dit 88645678 c'est bien
ce que je pensais dit l'autre en sortant le papier de
la sécu alors donc nom ? Papadiamantès prénom ?
Ulysse âge ? 17 études ? « Monsieur », intervient
alors Angélique avec alacrité, « Monsieur, il ne
s'agit pas de mon fils mais de mademoiselle, là,
qui est allongée raide aux trois quarts morte sur
le lit. » Sos se fige et se met à beugler, « Ça fera
deux ordonnances ! Vous n'auriez pas pu le dire
plus tôt ? » « Imposteurrrr ! Carrrrrabin ! » explose
Mercredi qui sort le bec de la poubelle. Le sos
découvre soudain la bestiole, soupire un « il est
encore là celui-là ? » dédaigneux puis se tourne
vers l'anatomie d'Amélie.

« Vous êtes sûrs que vous voulez qu'elle se
réveille ? » demande le sos d'un air étonné.
« Quelle question ! » s'insurge Angélique. Le sos
hausse les épaules. « De toute façon il n'y a rien
à faire », annonce-t-il, « rien, juste à attendre que
ça passe ou ça trépasse ! » ordonne-t-il en signant
l'ordonnance. « Voleurrrr ! Charrrrrlatan ! Escrrr-
roc ! » aboie Mercredi en fonçant sur l'homme
d'Hippocrate. « Sac à plumes toi-même », riposte
le sos. Ulysse, encouragé par la volaille, saisit le
grand plateau en toc pour assommer le sos qui se
met à courir autour du lit le perroquet au train.
Le plateau en toc lancé tel le javelot rate sa cible

et tombe sur Amélie. Le sos a disparu lorsque la belle au bois s'éveille et découvre Ulysse, Angélique et Mercredi qui la regardent comme si elle était la Sainte Vierge faisant son apparition.

XVII

Six grands yeux la zieutent. Elle frissonne et
regarde autour d'elle. « Où suis-je ? » demande
Fatale endolorie. « Chez nous », répondent les
six grands yeux. « Qu'est-ce que je fais là ? »
« On se le demande ! » commente le perroquet.
« Mercredi ! » ordonne Ulysse, « tu te tais ou tu
es un perroquet mort ! » « Les grrrrands mots !
Tout de suite les grrrrands mots ! Mon pauvrrrre
Ulysse, tu n'as aucun sens de l'humourrrr ! Ce
qui va nuirrrre à ton entrrrreprrrrise ! » « Quelle
entreprise ? » demande Fatale intéressée. « Mercredi ! » psittacise Ulysse, « tu te tais ou je te vide
la tripe ! » « Vos beaux yeux, belle marrrrquise,
d'amourrrr mourrrrir le font », rigole l'oiseau en
disparaissant comme par enchantement.

Angélique, sentant l'idole au bord de la crise
de nerfs, s'éloigne à petits pas feutrés et retrouve,
dans la cuisine, Mercredi perché sur le frigidaire.
« Mercredi », gronde-t-elle sans conviction, « tu
n'aurais pas dû parler ! » « Moi ? Mais je n'ai rrrrien dit ! » ronchonne la bête. « Tu as juste dit

ce qu'il ne fallait pas », morigène maman Papa-diamantès. « Il n'a qu'à pas me dirrrre toutes les trrrrentes secondes de me tairrrre ! » Angélique soupire. « Tu crois qu'elle aime la moussaka ? » « Angélique, ma bonne, je pense que ta question est prrrrématurrrrée. Je serrrrais nous, j'irrrrrais voirrrr ailleurrrrs si on y est… » « Tu as raison », murmure Angélique, « allons nous changer les idées, viens mon pauvre Mercredi. »

Vaguement, il entend la porte d'entrée qui claque. Il entend le silence prendre possession de l'appartement. Partis, ils sont partis, tant mieux, ouf, pense-t-il vaguement. Elle est allongée devant lui. Elle ne bouge pas et le regarde. Il est debout devant elle. Il ne bouge pas et la regarde.

C'est la panique. Il voudrait avoir l'air de. À coup sûr les autres ne sont pas comme lui. À coup sûr eux savent quoi faire quoi dire. Il est tétanisé rétamé ratatiné, son muscle cardiaque s'embarde, ses jambes ont la tremblote. Il trans-pire et claque des dents. Panique, panique à bord ! Le pire c'est quand il essaie de la regarder plus de cinq secondes d'affilée. Parce que quand il la regarde juste une seconde c'est déjà une espèce de plaisir incroyable qui lui chatouille les oreilles, mais quand il arrive à cinq secondes ça devient une espèce de plaisir insupportable comme une douleur qui vous grignote. Il est debout devant elle. Il ne bouge pas et la regarde.

Comme par miracle, le silence est d'or. On dirait que la rue Fernando Pessoa tout entière – l'immeuble du 28 et ses dix étages, le cordonnier, Ed-l'épicier, la boulangerie-pâtisserie de monsieur Salin, la pizzeria La Mamma, le bureau de tabac, le square – a décidé de couper le son. Pas un bruit. Pas une télé. Pas un voisin. Pas un chat. Imagine, lecteur, imagine seulement ces quelques minutes poétiques où il n'y a plus rien. Juste des yeux dans des yeux. Juste l'éternelle histoire hypothétique qui recommence. Des yeux bleu-vert dans des yeux noirs.

Il est debout devant elle. Il ne bouge pas et la regarde. Plus les minutes passent, moins ça s'arrange. Ça y est, pense-t-il, je suis métamorphosé en statue. Elle doit me trouver complètement abruti. Plus ça passe, plus c'est pire. Puis, bizarrement, il voit défiler des images anciennes dont il avait oublié la secrète existence. Il revoit avant la rue Fernando Pessoa ; il se voit tout petit au bord de l'étendue marine et grecque, il voit une femme qui l'appelle en riant, il reconnaît Angélique, il voit un homme aux yeux bleus qui se penche vers lui et lui caresse les cheveux. Bizarrement, il ressent un tas d'émotions commotionnantes. Il se dit je suis en train de mourir ; si ça défile comme ça alors je suis en train de mourir. Il voit un navire magnifique lancé sur la mer Méditerranée, il voit un orage d'une violence catastrophique et il voit la mort, là, sous ses yeux, et son cœur fait un grand bond et ses lunettes tombent par terre dans un grand bruit de carreau cassé et le monde devient flou et la silhouette allongée devant lui ne bouge toujours pas et le silence d'or devient oppressant et, lentement, lui debout devant elle lui qui ne bouge toujours pas et qui ne la voit plus, lentement, sur son visage à lui coulent les premières larmes.

Elle ne bouge pas et le regarde. Allongée devant lui, elle ressent un calme épouvantable l'envahir. Comme si tout avait lâché d'un seul coup. Comme quand on doit recommencer à zéro, que les certitudes de la veille se sont brutalement effondrées. Allongée devant lui, elle voit sa colère faiblir. Elle la voit se tasser, faire le dos rond, se diriger lentement vers la sortie et disparaître. Alors, allongée devant lui, elle se sent perdue perdue et en même temps soulagée soulagée. Elle ne bouge pas et le regarde.

Il se dit il ne manquait plus que ça ! Pleurer devant une fille ! Mais j'ai l'air de quoi ! Il faut que je pense à un truc marrant, il faut que j'aie un peu d'humour comme dirait cette andouille de Mercredi. « Hum ! Hum ! » murmure Ulysse courageusement, « Hum ! hum ! » Les larmes coulent sur ses joues, glissent dans son cou, font comme un ruisseau fébrile. Atterré, Ulysse se penche pour récupérer ses lunettes brisées en quinze morceaux. Il se dit en plus je n'y vois plus rien ! Puis les yeux bleu-vert myopes rougis par les pleurs essaient de fixer de nouveau Fatale alanguie. Elle est encore plus belle quand elle est floue dit-il à son for intérieur. Les yeux bleu-vert myopes observent enfin longuement la forme qui gît sur le lit et, doucement, les yeux noirs de la princesse au pois émettent des ondes chocolatées et les yeux bleu-vert myopes commencent à briller d'une lumière de contentement et, doucement, les yeux noirs de la princesse lointaine émettent des ondes qui soûlent comme l'alcool à 98° et alors, dans la chambre de marbre bleu du palais de cristal du maharaja de la main morte, commence l'histoire d'une lente et poétique séduction par le regard. Habillé comme un prince d'Orient, des plumes et des pierres précieuses plein les cheveux, Ulysse s'est assis à un mètre cinquante de l'être aux yeux de feu. Puis, bien calé, il s'est transformé en statue de sel. Fatale, cachée sous un long voile en acrylique magique, s'est mise à clignoter du regard. Tout le monde vous le dira, c'est en fermant les paupières qu'on perçoit le plus justement l'intensité du regard qui vous fixe. Et, les yeux clos, Fatale sent les yeux d'Ulysse la caresser, l'enserrer dans une gangue de chaleur chaude, la pénétrer tout entière. Et, les yeux clos, Fatale sent son corps son esprit sa mémoire se vider comme une baignoire. Glouglou fait l'eau qui s'écoule. Et, les yeux clos, Fatale sent alors son corps son esprit sa mémoire se remplir lentement doucement sûrement d'une langueur mystérieuse étonnante préoccupante puis, bizarrement, elle voit défiler des images anciennes dont elle avait oublié la secrète existence. Elle voit avant la rue Longue ; elle se voit toute petite dans une immense forêt bleue, elle voit une jeune femme qui lui sourit et elle reconnaît Angèle, la forêt est un monde inquiétant plein de brumes et de mystères, elle longe un lac immobile et froid, ses pas suivent un étroit sentier caché dans les bruyères. Angèle doit la suivre et pourtant elle sent que, derrière elle, quelque chose a changé. Bizarrement, elle ressent un tas d'émotions commotionnantes. Elle se dit je suis en train de mourir ; si ça défile comme ça alors je suis en train de mourir. Derrière son dos quelque chose a changé, la forêt est un monde bleu, un monde de rêves et de mystères. Paniquée, elle se retourne et voit Angèle transformée en ours brun. Dans son rêve, elle se met à courir. La forêt est un mystère bleu. La foudre soudain embrase l'univers. Elle court. L'orage est d'une violence catastrophique. Elle voit la mort, là, sous ses yeux. Puis, au ralenti, son cœur se déchire. Réveillée par son cauchemar, comme autrefois, elle ouvre les yeux. La silhouette assise devant elle ne bouge toujours pas, le silence d'or devient oppressant et, lentement, elle allongée devant lui elle qui ne bouge toujours pas et qui ne le voit plus, lentement, sur son visage à elle coulent les premières larmes.

Il ne bouge pas et la regarde. Assis à un mètre cinquante, il regarde les larmes de Fatale et ressent une joie monstrueuse l'envahir. Une joie où pandeiro, tamborim, surdo, cuica, agogô, djembé et repique s'en donnent à cœur joie. Une joie comme une danse délirante et suante, une danse du ventre des baobabs des oiseaux des poissons muets des hippopotames et des araignées, une danse qui saisirait toute la terre, soudain. Les larmes coulent sur les joues de la jeune fille, glissent dans son cou, font comme un ruisseau fébrile. Tout autour de la chambre de marbre bleu du palais de cristal du maharaja de la main morte, une joie court les rues bat la campagne fend les flots et chante comme un cheval. Assis devant Amélie, Ulysse voit enfin sa peur faiblir. Il la voit se tasser, faire le dos rond, se diriger lentement vers la sortie et disparaître. Alors, assis devant elle, il se sent perdu perdu et en même temps soulagé soulagé. Il ne bouge pas et la regarde.

XVIII

Lecteur, as-tu vécu semblables moments ? T'es-tu, ne serait-ce qu'une fois dans ta vie, transformé en statue de sel ? Tes yeux, chevillés à d'autres yeux, ont-ils une seule fois ressenti la tendre et terrible brûlure ? As-tu perdu le nord ? As-tu vécu cela, cette espèce de dilatation du temps pendant laquelle les autres comptent juste trente secondes alors que toi, pendant ces mêmes trente secondes, tu savoures l'avant-goût étrange de l'éternité ?

Dans les rues désertes, Angélique et Mercredi errent comme des âmes en peine. Il fait une chaleur à perdre ses dents, mais madame Papadiamantès s'en fiche. Un silence pesant comme un troupeau d'éléphants blancs plane au-dessus des deux anatomies en marche. Mercredi est tout ouïe. Angélique gémit. Une fois, deux fois, trois fois. Le troupeau d'éléphants s'ébroue et se disperse soudain. « Dire, dire tout le mal que je me suis donné pour l'élever ! L'éduquer, le dorloter, le coucougner ! Toutes ces années de sacrifice pour quoi ? Pour qu'il me ramène une fille qui perd ses chaussures et qui a l'air aimable comme la gale ! Toutes ces années pendant lesquelles je lui ai tout donné, pendant lesquelles je l'ai vénéré comme le nombril du monde, pendant lesquelles il a été mon roi ! L'unique, le plus beau, le plus intelligent, le plus sensible ! » « Tu n'exagèrrrres pas un peu des fois ? » dubite Mercredi. Angélique n'entend rien. « Il aurait pu être le plus grand ! Il aurait pu, s'il m'avait écoutée. Le pire, vois-tu Mercredi, le pire c'est que des filles jolies, sans caractère et bien élevées, il doit y en avoir plein les rues ! Tu ne vas pas me dire qu'il ne mérite pas mieux que cette Pompon ! Pompon ! Mais c'est ridicule comme nom ! Pompon ! Pourquoi pas Ronron ? » « Angélique, la douleurrrr te rrr- rend excessive », susurre Mercredi, « tu te fais du mal pourrrr rrrrien. » Angélique n'entend rien. « S'il était resté avec moi, il aurait pu tout entre- prendre ! Tout ! Cette fille va l'entraîner vers la facilité et la vulgarité. Tu m'entends Mercredi ? Quand je pense à ces piles de livres qu'il dévore depuis l'enfance et qui l'ont rendu myope ; tous ces livres dont j'étais jalouse parce qu'ils me l'en- levaient. Comme je les regrette ! Tu te souviens des histoires qu'il nous racontait ? Des histoires de fous avec des villes vampires, des gnomes, des fables à dormir debout... Toutes ces lectures lui ont fait perdre la tête, c'est sûr ! Mon fils n'a pas les pieds sur terre ! La preuve : il s'entiche d'Amélie Pompon ! » « Angélique », réplique la volaille, « tu as bien été amourrrreuse un jourrrr ! » « Mais ça n'a rien à voir ! Rien ! » s'énerve madame Papadiamantès, « Et en plus, Kostas, que tu n'as pas connu, est mort très très vite ! » « Mais c'est horrrrible ce que tu dis là ! » crécelle Mercredi. « Mais je suis horrible ! Je suis comme toutes les mères ! Mon pauvre Mercredi, ça ne t'arrivera jamais, mais si tu savais le pouvoir qu'on a sur un enfant ! Si tu savais comme c'est grisant ! Quelqu'un qui est ta propre chair et que tu peux former déformer à ta guise ! Quelqu'un qui est obligé de te subir ! Hélas, je m'y suis bien mal prise ! Hélas, Ulysse m'a laissée tomber comme un vieux cothurne, Ulysse m'a trahie, Ulysse m'a quittée ! Hélas, hélas, hélas, trois fois hélas ! » pleure Angélique en se frappant la poitrine. Mercredi, incrédule, se gratte furieusement le bec et se dit que les humains sont de drôles de créatures. Angélique, livide, s'est enfermée dans un silence de pierre, un silence pesant comme un troupeau d'éléphants blancs. Embarrassé, l'oiseau des îles se pose sur l'épaule de madame Papadiamantès et lui caresse les bajoues. « Brrrou, brrrou ! » broute la volaille, « Ma pauvrrrre Angélique, l'amourrrr t'a rrrrendue folle ! » Angélique n'entend rien et Mercredi, songeur, perché sur l'épaule de la mère éplorée, se prend à contempler la rue Fernando Pessoa – rue vide et muette où ils font les cent pas. Rue dont le charme réside peut-être en cette lumière particulière qu'on y savoure certains soirs de printemps. Une lumière comme une flèche qui se ficherait entre vos épaules et qui vous propulserait, en un quart de dixième de seconde, de l'autre côté de l'univers.

Dans la chambre de marbre bleu du palais de cristal du maharaja de la main morte, un silence comme le soleil levant éblouit Ulysse et Amélie. Ulysse, apaisé, ne bouge pas d'un millimètre. Amélie, apaisée, ne bouge pas d'un millimètre. Le soleil levant glisse sur le marbre bleu qui se met à scintiller et provoque soudain un feu d'artifice en plein jour. Ulysse, silencieux, regarde Amélie. Ils sont là depuis quatre-vingt-dix mille ans. Ils sont là depuis dix secondes. Ils n'ont rien dit. Ils ont tout dit. Le palais de cristal, sur ordre du maharaja, est déserté. Tous, gnomes magiciens astrologues fakirs cuisiniers charmeurs de serpents singes chiens soldats, tous sont partis. Le palais de cristal est une construction fragile qui flotte sur les eaux bienfaisantes de la mer Improbable. C'est pourquoi dans toutes les pièces de cette précieuse merveille architecturale chacun peut sentir comme une sorte de tangage subtil qui a le don d'endormir le vulgaire. Sauf que dans la chambre bleue du palais de cristal du maharaja de la main morte il n'y a pas de vulgaire et qu'Ulysse, soudain, prend la parole.

« Ça ne te dirait pas de faire quelque chose que les gens ne nous oublieront jamais ? Un truc pour dire que nous, on ne se fera pas avoir. Que leur vie c'est une vie de n'importe quoi. Que tout ce que eux aiment, nous on crache sur. Un truc pour montrer qu'on est libre, qu'on n'est pas des ratatinés du bocal de la société. Un truc incroyable, du jamais vu qui déclarera la guerre, qui aura du panache, qui sera la beauté dans cette laideur ambiante, qui sera le rêve dans cette ville sans fantaisie ; une action d'éclat où tu seras reine. » En voyant le sourire attendri d'Amélie, Ulysse comprend qu'il vient de marquer un point. Amélie lui demande avec curiosité quand est-ce qu'ils pourront commencer. Et il répond très sérieusement sans savoir ce soir à minuit.

Alors, comme par magie, la rue Fernando Pessoa tout entière avec son cordonnier, son Ed-l'épicier, la boulangerie-pâtisserie de monsieur Salin, sa pizzeria La Mamma, son bureau de tabac, la rue Fernando Pessoa tout entière avec son square, ses peupliers cloqués, sa mare aux canards sans canards, ses pigeons gras, d'un seul coup, comme par magie, se réveille. Et se réveillent aussi le 28, et la loge de madame Caeiro, et les odeurs et les chats. Et à chaque étage, claquent les portes, caquètent les vieilles, gueulent les parents et hurlent les enfants. C'est l'heure bénie où l'on commence à avoir faim, où l'on s'agite dans les cuisines. C'est l'heure bénie de la relâche, en y réfléchissant on s'en jetterait bien un petit en attendant l'apéro et les infos. On le mérite, sûr, ce premier verre, vu comme le patron nous a gonflés aujourd'hui ! À chaque étage une odeur généralisée de friture, d'ail et d'oignons rissolés grimpe aux rideaux. On met les tables, on installe les couverts, on pousse les chaises, on se pose enfin et c'est automatique on branche le poste. Alors, comme par magie, s'éteint le soleil levant dans la chambre de marbre bleu du palais de cristal du maharaja de la main morte, disparaissent les plumes et les pierreries dans la chevelure d'Ulysse, disparaît le long voile en acrylique magique d'Amélie. Et débarque dans la chambre, clignant d'un œil plein de sous-entendus, Mercredi le discret qui se met à brailler : « Alorrrrs les tourrrrterrrreaux, ça boume ? » Phrase qui a le don de réveiller la télé du voisin qui diffuse, une fois n'est pas coutume, la rengaine n° 1 au Top 50 de ce mémorable été – « Particulièrement alléchante, yéyéyé, sinistrement horrible, youyouyou, dans notre bonne ville, yéyéyé, la cavale singulièrement répugnante et foutrement effrayante, youyouyou » ...

XIX

Angèle, dans sa cuisine, fait du raccommodage.
Elle a sorti sa trousse de parfaite couturière et
s'est mise à la besogne. Elle a horreur du vide,
Angèle, c'est une vraie nature. Il faut tout le
temps qu'elle s'active, il faut tout le temps qu'elle
ait quelque chose en train sinon ça la déstabilise.
En plus, contrairement à ce qu'on peut croire,
elle, c'est quand elle est occupée qu'elle pense le
mieux. Il y a des gens qui passent leur temps à
penser et à pondre des tartines de pensées. Elle,
quand elle raccommode les chaussettes de César,
souvent elle a des visions très claires qu'elle n'a
pas autrement. D'ailleurs, elle préfère ne pas en
causer. Elle garde ça pour elle. Les pensées, c'est
pour personne. Quand elle pense, Angèle hoche la
tête de droite à gauche, on dirait un métronome.
Madame Pompon, en cet après-midi de canicule,
a l'intuition que quelque chose cloche mais quoi.
À l'intuition que quelque chose va se passer et
qu'ils sont en train de vivre les dernières minutes
d'angoisse silencieuse juste avant le poc du Titanic

qui toque l'iceberg. En même temps, pense-t-elle, on se dit tellement souvent qu'il va se passer un truc et tellement souvent il ne se passe strictement rien. Angèle soupire. N'empêche. N'empêche, la Mattieu, même si elle est folle et que c'est un fait connu reconnu, la Mattieu n'a jamais été aussi agressive ni sur le qui-vive qu'aujourd'hui. N'empêche, elle a l'air d'en savoir long, cette vieille bique ; long sur des épisodes qu'elle, Angèle, a manqués. Et tout cela, elle le jurerait sur la tête de Chopin, concerne Amélie. Quand elle pense, Angèle soliloque, on dirait un moulinet à paroles sans le son. La chaleur, dans la cuisine, devient inqualifiable. Angèle se dit qu'après tout c'est peut-être César qui a raison, ces journées sont impossibles, tous les plombs de tout le monde ont pété, c'est une espèce de démence qui règne sur la ville qui n'en peut plus, c'est normal qu'avec cette température les gens deviennent brindezingues. Bizarre quand même, phosphore Angèle, bizarre comme tout est devenu bizarre, comme on dirait qu'il n'y a plus de règles, plus de limites, comme on dirait que tout est possible, que si ça sonnait, là maintenant par exemple, et que derrière la porte il y avait un éléphant bleu eh bien même ça, qui en soi n'est pas banal, eh bien ça ne m'étonnerait plus. Bizarre comme on s'habitue vite. Peut-être le thermomètre est-il définitivement bloqué, ou peut-être va-t-on monter jusqu'à 70. Et bien finalement, opine Angèle du chef, finalement moi je m'en tamponne. Et même, finale-

ment, moi, je trouve ça plutôt pas mal. Angèle
continue vaillamment à tricoter. Ça m'a donné
l'occasion de donner un coup de grolle à César.
Et moi, finalement, je trouve ça plutôt pas mal.
C'est vrai, continue à broder Angèle, c'est vrai,
on ne comprend pas trop bien d'où elle vient cette
bata, c'est vrai, on ne comprend pas, mais si on
comprenait tout tout de suite il n'y aurait plus de
suspense. Si j'avais tout compris depuis le début,
moi, je ne serais pas là à œuvrer dans la cuisine,
je serais partie depuis belle lurette, je les aurais
laissés se débrouiller seuls, j'aurais vécu ma vie,
ma vie à moi, pour moi toute seule, je me serais
occupée de moi, rien que de moi ! La tête d'Angèle oscille langoureusement. Et puis ça veut dire
quoi moi ? Qui suis-je, moi, pour parler de moi
sur ce ton-là ? Hou la la, ma bonne, mouline le
moulin à paroles sans le son, là tu viens de penser
une de ces pensées ! En fait on peut passer sa vie
complètement sans savoir. Il suffit juste de se laisser aller à suivre le petit train-train et, tranquille,
vous arrivez sur la dernière ligne droite et vous
n'avez pas eu le temps d'y penser, à vous, à vous
qui vous êtes vous vraiment. Et César ? s'interroge l'être ravaudant, César qui ronfle dans la
pièce d'à côté depuis trente ans que je le connais,
César qui dit les mêmes phrases tous les jours à
la même heure, qui fait les mêmes choses tous les
jours à la même heure, eh bien César, vous voyez
qui c'est vous ? Moi je ne vois pas. Plus ça va,
moins je vois ! La chaleur grimpe soudain d'un

degré. Bizarre quand même comme les choses ne sont plus à leur place, et même comme ce qu'on pensait n'est plus à sa place. C'est là que dring fait la sonnette. Allons bon qu'est-ce songe la repriseuse. Le ronflement césarien ne s'interrompant pas pour autant, Angèle se dirige vers le seuil. Ouvre. Regarde. Salue l'éléphant bleu et referme dare-dare en transpirant très fort. Alors là si je me mets à voir ce que je pense ! « Ouh ! César ! César ! Réveille-toi viens voir réveille-toi ! » César dort profondément et n'a pas du tout envie de se réveiller. Les cris d'Angèle lui parviennent de très loin. Il est avec Arlette, la fille au pied bot qui a occupé ses jeunes années, et Arlette est en train de s'approcher doucement tout doucement de lui et il ressent le même trouble qu'alors et Arlette lui sourit que ça lui fend le cœur et s'approche et lui fout soudain une baffe qui le fait sursauter sur le canapé maous et lui fait ouvrir les yeux juste avant qu'Angèle remette ça. Estomaqué, César commence à protester lorsque sa moitié lui demande d'une voix de folle de vite vite aller voir derrière la porte. Dans l'escalier, la trompe de l'éléphant bleu lui fait la révérence et César referme dare-dare en transpirant très fort. « Tu as vu ce que j'ai vu ? » demande Angèle angoissée. « Il y a un éléphant bleu dans l'escalier ! » gémit César qui va direct au bar se servir un pastis bien tassé. Le boit cul sec. S'en ressert un autre. Le boit cul sec. Et vient s'asseoir sur le cuir qui craque, la bouteille à la main. Un silence perturbé plane sur les lieux. César et Angèle ne savent plus quoi penser quoi pas penser. « Peut-être qu'en buvant toute la bouteille, il va disparaître ? » suggère César. « Et Amélie ? » s'angoisse soudain Angèle, « Comment elle va faire pour rentrer ? » « Si elle n'était pas tout le temps dehors, celle-là ! » s'énerve César, « Si elle ne traînait pas n'importe où avec n'importe qui ! »

Celle-là, accoudée à la fenêtre, ouvre de grands yeux sur la ville qui s'étend à ses pieds. Ulysse, près d'elle, ouvre de grands yeux itou. Vingt tours de béton armé, véritable prouesse architecturale, s'élèvent à quelques mètres. Elle peut compter soixante étages aux façades couvertes de fresques roses et jaunes. Et comme la laideur ne suffit pas, Ulysse lui apprend que la municipalité a donné un nom à chacun de ces homes : Arthur Rimbaud, Anatole France, Victor Hugo… Tout autour d'eux, puante, hostile, laide, grouillante, tout autour d'eux respire la ville – la ville illimitée, avec ses boulevards, ses rues, ses impasses, son centre gigantesque, ses banlieues prolifiques, ses périphériques, ses autoroutes, ses nationales, sa petite ceinture, sa grande ceinture, ses ponts, ses souterrains, ses parkings, ses métros, ses bus, ses voitures, ses bouchons, ses flics, ses crottes de chien et ses gens. Et en même temps, pour la première fois, bienveillante magnifique vivante, tout autour d'eux, ils découvrent la ville qui les appelle – la ville immense pieuvre grise, la ville belle comme la statue de la liberté, la ville femme, avec sa violence et ses charmes.

Chez les Pompon, 'la consternation est à son comble. César en est à son cinquième pastis et son visage a pris les couleurs humbles de la violette. Le cerveau d'Angèle affiche absent. « Si seulement il se mettait à pleuvoir ! » soupire César, « Un peu d'eau sur tout ça ! un peu de fraîcheur sur ces hallucinations ! » expire-t-il en allumant la télé pour voir s'il y a du nouveau. Le présentateur s'essuie le visage toutes les dix secondes avec un grand torchon pas très propre et, l'air grave, annonce « Mesdames et messieurs, nous tenons à démentir les propos erronés et scandaleux que la chaîne privée Dents de pute a tenus à notre égard. Dents de pute veut toujours être n° 1 à l'audimat, Dents de pute ne recule devant rien pour y arriver, ne recule pas devant le scandale, pas devant le mensonge, mesdames et messieurs, Dents de pute manipule, spolie, trafique, tripatouille, Dents de pute mérite son nom ! Contrairement à ce que l'on veut vous faire croire, la chaleur est à son acmé, les températures vont stagner dans ces mêmes eaux irrespirables pendant encore quelques heures. Et, plus surprenant encore, à minuit, mesdames et messieurs, il va y avoir un brutal changement de climat. On ima-

166

gine une baisse inexplicable et vertigineuse des températures à tel point, mesdames et messieurs, qu'il fera glacial pour la saison ! Vous avez bien entendu, cette nuit on va geler ! Dans le reste du monde, en bref, rien ! Mesdames et messieurs, bonne soirée ! » « A d'autres ! » commente César, « A d'autres ! On nous prend vraiment pour des crétins ! Pourquoi pas dix centimètres de neige demain matin ? J'hallucine comme dirait ma fille ! » et, parce qu'il est l'heure, César saisit la télécommande et appuie sur *off*. Comme tous les soirs top chrono, les Pompon s'installent à table. Angèle touille longuement méthodiquement la batavia dans le saladier en plastique transparent. Angèle qui se sent chose et n'arrive plus à se concentrer. Angèle qui en a perdu l'appétit, contrairement à César qui, comme chaque fois, lutte contre les grandes feuilles de verdure huileuse. Le menton luisant, l'air réjoui, César se précipite ensuite presto presto sur le jambon à l'os dont il ne fait qu'une bouchée. Étonné de ne pas avoir été dérangé pendant sa mastication, soudain calmé, monsieur César, pour se donner bonne conscience, s'interroge enfin. Mais où donc où donc est passée Amélie ?

XX

« César », lâche enfin Angèle, « César, je veux
bien qu'on ne veut rien voir depuis le début mais
là, quand même, ça passe les bornes ! » César
plie sa serviette et contemple Angèle. « Qu'est-ce
que tu as à me regarder comme ça ? » interroge
l'épouse agacée. « Je ne te regarde pas. Je ne te
regarde pas », riposte l'époux fatigué. « Tu crois
qu'il est toujours là ? » bredouille Angèle avec
anxiété. « Qui ça ? » marmotte César. « L'éléphant bleu dans l'escalier ! » avoue l'épouse sur-
menée, « Vas-y voir, toi, vas-y voir, sinon je ne
dormirai pas ! » César obtempère et, résigné, se
dirige vers la sortie.

L'air de rien, le soir est en train de tomber.
L'air de rien, lecteur, peu à peu la boucle se ferme.
Tout est quasiment à sa place pour le dernier acte.
Yapluka. L'air de rien, tu as tourné les pages et
tu arrives, toi aussi, sur la dernière ligne droite.

Le soir est en train de tomber. L'espèce de croûte
de chose avariée diluée qui flottait par-dessus les
toits flotte. Depuis belle lurette, le silence règne

sur la ville. Les immeubles continuent de se tasser sur eux-mêmes, le béton transpire, l'eau ne coule toujours pas dans les fontaines, tout s'est arrêté. C'est dingue quand on y pense. Mais plus personne ne pense. Les cellules grises sont KO. La chaleur a tout cramé. La chaleur est un géant qui marche sur la ville. Pleine, rousse et hilare, tout à l'heure, la lune glissera sur les toits. Le ciel sera noir. On se croira dans un immense chaudron luciférien. En dessous, dans les profondeurs obscures, le feu s'activera. Le grand gril s'organisera. La nuit crépitera. Et la ville, qui n'en mènera toujours pas large, commencera de sentir le roussi.

En attendant, César a ouvert l'huis et se trouve nez à nez avec la Mattieu qui fait comme si elle ne faisait que passer par là alors qu'elle doit être derrière la porte depuis des lustres. « Ben alors, madame Mattieu, il ne faut pas se gêner ! Faites comme chez vous ! Entrez ! » « A qui tu dis d'entrer ? » piaule Angèle depuis la cuisine. « A notre chère voisine du dessous qui était collée à notre porte comme une moule. » « Ben ça, madame Mattieu, vous écoutez aux portes maintenant ? » gronde Angèle, le torchon à la main. « Elle fait bien les poubelles ! » renchérit César, « Or ça, cher œil de Moscou, n'auriez-vous pas vu, vous qui voyez tout tout et plus que tout, n'auriez-vous pas vu, pas plus tard que cet après-midi, un éléphant bleu qui méditait dans l'escalier ? » « Un éléphant bleu ? Et pourquoi pas le roi Pétaud ? Arrêtez de boire, mon pauvre César, vous puez le pastis que

c'est une infection ! » « Infection vous-même !
Vagin inutile ! Utérus calamiteux ! » « César ! »
intervient Angèle mais trop tard. Le vagin hystérique bondit et gifle furieusement et en cadence
César qui en est tout escagassé. « Je me rends,
créature ! J'en ai assez de me prendre des baffes à
longueur de journée ! » « Je me défendrai ! » hurle
la Mattieu, « Je n'ai pas peur ! Et votre fille, je
l'attends ! Qu'on se le dise ! Je vais appeler les
flics si ça continue ! Je vous aurai prévenus ! » Et
le cerbère claque avec superbe la porte au nez des
Pompon ébaubis.

Le soir a envahi le salon où règne le silence
d'après la tempête. Pompon César, abattu,
reprend un pastis. « Tu te rends compte Angèle ?
Elle m'a giflé cette courge ! Bon Dieu de bon
Dieu, mais pourquoi a-t-on des voisins ? Tu te
souviens ? Dès le premier jour, cette morue nous a
pompé l'air ! On devrait l'euthanasier ! On devrait
la piquer ! Avec tout ce qu'on voit depuis qu'il fait
chaud, avec tout ce qu'on voit qui n'existe pas,
si au moins on pouvait ne plus voir ce qui existe
vraiment ! Hein Angèle ? Qu'est-ce que ça nous
reposerait ! Mais la Mattieu n'est pas soluble dans
la chaleur ! La Mattieu, c'est du résistant à tout !
C'est de la connerie qui ne risque pas de rétrécir
au lavage ! C'est de la vieille bique haineuse qui
crèvera centenaire après avoir enquiquiné tout le
quartier ! » « César, calme-toi ! » tempère Angèle.
« Que nenni ma bonne ! Elle veut la guerre, elle
va l'avoir ! César Pompon est lent mais tout de

même. César Pompon a sa dignité. Elle veut la guerre, elle l'aura ! » « César, calme-toi ! » retempère Angèle qui s'en retourne à la cuisine.

Sur le canapé maous, César, aidé par le pastis, cogite. « On pourrait faire la valise, foutre le camp, aller respirer l'air pur d'ailleurs. On pourrait. Ouais. Mais ailleurs il fait aussi chaud. Ils l'ont dit à la télé. Alors à quoi bon bouger pour pareil ? Ouais mais ailleurs il n'y a pas de Mattieu. Ça c'est un argument ! Ouais », opine César en se versant une nouvelle rasade, « ouais ouais ouais » répète l'imbibé qui voit soudain, sur le bahut, la bata qui se met à onduler du pied.

Gare ! Le soir, bon pied bon œil, est d'attaque. Gare ! Gare ! C'est parti pour la dernière nuit. La nuit tant attendue depuis l'aube. On se dit que c'est le moment ou jamais, que la température va enfin baisser. Mais non. Dans le noir, d'étranges tam-tams résonnent. Ils encerclent la ville et aiguisent la chaleur. Dans le noir, les rythmes se mêlent, jouent et font une drôle de mélopée. Dans le noir, il se prépare quelque chose.

Au-dessus de l'évier, Angèle pense à la Mattieu. En fait, rumine la ménagère, c'est depuis cette histoire de bata shoe que cette garce est pire que d'habitude. C'est depuis que le jeune homme au perroquet est venu avec quand César était raide mort sur le canapé maous qu'elle a carrément débloqué. César est sûr que cette bata n'appartient pas à Amélie. Mais qu'est-ce qui le prouve ? Hein ? On ne sait pas finalement. On ne sait rien.

La tête d'Angèle reprend son mouvement de métronome. Et d'ailleurs, de ce pas, poursuit la tête, de ce pas, même si Amélie n'aimerait pas, je vais aller voir dans sa chambre.

Lecteur, je ne te raconte pas la chambre d'Amélie. D'abord, sur la porte, il y a tagué en gros : Danger de mort. Interdit. Fuck off. Le genre accueillant. Rien qu'en voyant ça, Angèle est lasse. Et puis après, tu pousses la porte. Il y a des tonnes de choses derrière. Donc tu pousses sinon tu ne passes pas. Et rien qu'en voyant ça, Angèle craque. Des montagnes d'objets, des fringues, de la bouffe pourrie, des bouquins, des cahiers, des stylos, des disques, des vieux jouets, des montagnes de montagnes que rien qu'en voyant ça Angèle a une crise d'asthme. « Dire », pense madame Pompon, « dire que c'est la chambre de ma fille et que c'est une porcherie ! » La chaîne hi-fi ressemble à la cathédrale engloutie. L'ordinateur sert de penderie. Le téléphone, sous une valise, est débranché. Le lit, elle a dû marcher dessus avec des bottes pleines de boue. Angèle allume l'halogène. Éclairé, c'est pire. Éclairé, c'est hideux. Ça ressemble en plus catastrophique à l'atelier de ce peintre qu'Angèle a vu à la télé – un peintre qui, pour barbouiller sur ses toiles, avait besoin d'en mettre jusqu'au plafond et qui se faisait prendre en photo là au milieu, comme si on n'avait pas compris en regardant ses tableaux qu'il allait déjà assez mal comme ça. Après tout, ma fille est peut-être une artiste, songe Angèle qui essaie de ne pas

173

désespérer. Peut-être que sous cet amas de détritus se cache une sensibilité à fleur de peau. La chaleur devient éprouvante et Angèle est sur le point d'abdiquer lorsqu'elle décide de regarder sous le lit. Ce qui lui demande une certaine agilité. Intriguée, elle voit une colonie de gros sacs Tati entassés là. Enormes ; prêts à éclater. Intriguée, elle saisit le plus proche, l'ouvre et, intriguée, découvre une douzaine de paires de chaussures. Intriguée, elle saisit le deuxième, l'ouvre et, intriguée, découvre une douzaine de paires de chaussures. Ainsi de suite jusqu'au dixième sac. Ce qui fait un total de cent vingt paires. Des chaussures de toutes les couleurs, de toutes les marques, de toutes les tailles, des rouges, des noires, des dorées, des à plumes, des à poils, des en plastique, des à talons, des à semelles compensées, des à lacets, des à pas de lacets, des Bata, des Kelian, des Jourdan, des Tod's, des Prada, des Riens, des Nike… Angèle en a le tournis et, défaite, se dirige lentement vers le salon en geignant « César ! César ! Viens voir ! Vite ! Viens voir ! »

XXI

Chez les Papadiamantès, Ulysse se précipite
dans la cuisine où Angélique agite poêles et casseroles histoire de se passer les nerfs. « Maman je
te présente ma copine qui mange ici », annonce
Ulysse le parjure fier comme Artaban. Des usten-
siles dégringolent soudain dans un tintamarre
qui fait gémir la cloison sous les coups du voisin d'à côté qui beugle « ta gueule, bestiole à la
con ! » « Mais what a plouc ! » rétorque Mercredi
offensé, « What a pauvrrrre plouc ce pékin qui ne
sait pas fairrrre la différrrrence entrrrre un perrrr-
roquet et une casserrrrole ! » Angélique, débous-
solée, ressent un douloureux vertige. « Salut ! »
sourit Fatale. Pétrifiée, la maman reste bloquée
devant l'évier. Du haut du frigidaire, Mercredi
contemple la situation et se dit « c'est la merrrrde
c'est la merrrrde ! » Un œil fermé, un œil ouvert,
l'oiseau marmonne « je l'avais bien dit, jourrrr
maudit, jourrrr fatal, cette fille nous porrrrterrrra
la poisse ! » Angélique à l'œil tournoyant sent son
sang se figer dans ses artères. Elle ne reconnaît plus

son fils qui se contrefiche de sa mère et n'a d'yeux que pour cette créature pomponesque. Les casseroles gisent à ses pieds, les poêles, chaudrons et autres brimborions, tout a valdingué et personne ne bouge, personne ne l'aide à ramasser. Fatale observe Mercredi qui observe Fatale. « C'est quoi ça ? » demande Fatale à Ulysse. « Ça ?! » s'énerve la bestiole, « Ça ! C'est la rrrréincarrrrnation d'Aménophis III ! Crrrrétine ! » Les foudres de la colère sortent par tous les pores de la réincarnation qui est au bord de l'apoplexie : « D'aborrrrd le voisin, ensuite cette crrrréaturrrre ! I am drrrreaming ! » s'indigne la volaille qui essaie de se contenir. Et comme se contenir, neuf fois sur dix, ne sert qu'à se faire du mal, Mercredi commence à tanguer lorsqu'il reconnaît soudain, dans la fille aux épais sourcils qui le fixe avec le regard de la mort, la Sainte Vierge qui, toutes voiles dehors, exhortait six dobermans en feu – voir chapitre VI du présent roman – à lui bouffer les plumes. Vision cauchemardesque qui provoque aussitôt un nouveau traumatisme, des électrochocs, une chute du haut du frigidaire direct dans la poubelle – plongeon ponctué de notre tirade favorite, poifjgzriuvc mdi j ldruql fj sdkj rhaaaaa. Ulysse, aveugle et princier, se tourne vers Amélie et lui propose d'attendre, dans l'autre pièce, la fin de cette pagaille ménagère.

Dans la poubelle, Mercredi, déprimé, se gratte mollement le bec. « Rrrras le bol des humains ! » maronne l'animal, « Mais alorrrrs là, rrrras ! »

La plume fatiguée, Mercredi se dresse lentement, avance avec prudence vers la table de la cuisine, s'y allonge et, le couvercle de la poubelle sur la tête, chante pour lui-même poifjgzriuvc mdi j ldruql fj sdkj rhaaaaa ! À deux pas, Angélique, bras ballants et bouche bée, est sous hypnose. C'est impressionnant. Comme le silence dure qu'on dirait que ça ne finira jamais, Mercredi, histoire de vérifier, soulève le couvercle et mate Angélique qui a un regard qui lui fait froid dans le bas du dos. « Eh ! Oh ! Angélique ! » apostrophe le perroquet au ventre rose, « Angélique ! Oh ! Eh ! » Silence. « Ça y est ! Elle a pété une durrr-rite ! Sûrrrr, avec un rrrregarrrrd parrrreil ! Eh ! Oh ! Angélique ! » Silence des sphères célestes. Fataliste, Mercredi, les yeux dans les yeux d'Angélique, se drape alors avec superbe dans une toge de dignité silencieuse et définitive. À peine Mercredi commence-t-il à s'endormir du sommeil du juste qu'Angélique s'éveille. « Mercredi ! Mercredi ! J'ai compris pourquoi la prunelle de mes yeux, mon fils bien aimé, le plus beau d'entre les plus beaux, a subi pareille métempsycose ! » « Quid ? » interroge l'animal ailé. « Il a cassé ses lunettes ! Ulysse ne voit plus ! Ulysse est aveugle ! Voilà qui explique tout ! » jacasse joyeuse Angélique qui se met à préparer hilare le repas du soir. Plein de compassion pour la mère qui se raccroche comme elle peut à rien, Mercredi se redrape dans sa toge d'or et d'argent, se rendort et rêve qu'il est le père Noël qui fait sa tournée. Dans sa hotte, par mégarde, il a mis un énorme livre carnivore qui cache bien son jeu jusqu'au moment où Mercredi descend de son traîneau pour se dégourdir les jambes. Alors là, le bouquin bondit presto presto en poussant un grand cri méphistophélique et en ouvrant théâtralement ses pages qui se mettent à claquer avec un bruit de mâchoire mécanique. Sur la table de la cuisine, morte de trouille, la bestiole se met soudain à aboyer.

La nuit est tombée, lecteur. Dans l'autre pièce, Fatale, perplexe, interroge Ulysse. « Mais comment vas-tu faire pour faire la révolution ? » Tranquille, Ulysse sourit et rassure : « C'est simple, je vais chanter. » « Chanter ? » « Chanter », confirme le jeune homme myope.

Dans la cuisine, Mercredi se dit que s'il ne réagit pas avec la rapidité de la gazelle, le bouquin va lui bouffer les fesses. Surtout que ce bouquin-là est tout sauf rigolo et qu'il n'a pas envie de se retrouver haché menu par les pages des *Premiers principes métaphysiques de la science de la nature* de monsieur Emmanuel Kant. Le livre commence à exécuter autour de la volaille une danse du ventre de la mort. L'oiseau, vert de peur, d'un seul coup s'élance et s'envole.

Dans l'autre pièce, Fatale, perplexe, interroge Ulysse. « Et moi ? Qu'est-ce que je devrais faire ? » Clair comme minuit, Ulysse précise à Fatale qu'elle devra porter une tenue digne de la circonstance, qu'il faudra qu'elle marche derrière lui, toujours, et que lui ne devra jamais se retourner pour la regarder. « C'est une question de vie ou de mort », précise Ulysse à Fatale qui est complètement matée.

Dans la cuisine, dans son rêve comme dans la réalité, Mercredi, paré pour le décollage, s'élance plein gaz sur la piste. L'avion bringuebale, on se dit c'est sûr tout ça va partir en morceaux. Puis l'accélération démente et, hop, adieu et Mercredi s'ébroue et brrrrou fonce dans le mur sous le nez abasourdi d'Angélique qui est en train de mettre la dernière main à son sublime caviar d'aubergine.

Imagine, lecteur, un perroquet qui tombe dans un saladier ! Surtout que le saladier est gros et plein et que l'oiseau est complètement sonné ! Affolée, Angélique appelle Ulysse et Amélie. Ulysse, que l'amour bonifie, a un élan de générosité envers l'animal et le tire dare-dare de la purée. « Mon caviar ! Mon caviar ! » gémit Angélique dépitée. « Il fait ça souvent ? » interroge Fatale intriguée.

Mercredi, entre deux eaux, un œil ouvert un œil fermé, pense sérieusement qu'il est en train de passer l'arme à gauche. Les *Premiers principes métaphysiques de la science de la nature* ont dû le rattraper et il est déjà aux trois quarts haché menu. Il ne savait pas qu'on le ferait mijoter dans une sauce à l'aubergine avant de le bouffer. Mercredi, épuisé, se dit que c'est la quille et s'apprête à agoniser en toute simplicité lorsqu'il sent un grand coup d'eau chaude sur la tête qui le réveille et le fait hululer « brrrrou ! brrrrou ! » sous le nez d'Ulysse qui récure la bête avec affection. « Mon vieux, la prochaine fois », rigole le jeune homme, « tu essaies d'éviter le caviar de maman ! » Mercredi remue faiblement des ailes. Six grands yeux le zieutent. Il frissonne et regarde autour de lui. « Où suis-je ? » demande l'animal endolori. « Chez nous », répondent les six grands yeux. « Vous êtes sûrrrrs que je ne suis pas morrrrt ? » « Increvable ! Tu es increvable ! » proteste Ulysse. « Mon pauvre Mercredi », soupire Angélique, « tu nous as fait peur ! » « Corrrrne de brrrrume ! » se souvient la bestiole, « J'ai rrrrêvé que j'étais le pèrrrre Noël et que j'étais pourrrrsuivi parrrr un livrrrre carrrrnivorrrre ! » « Amélie », commente Ulysse, « il faut que tu saches que Mercredi est un perroquet extrêmement sensible qui cauchemarde et somnambulise. » Angélique, penchée sur la bassine, essaie de récupérer sa purée. Mercredi, tout chose, reprend son poste sur le frigidaire.

Le ciel est noir, braves gens, le ciel est noir ! Chez les Papadiamantès, on pousse les chaises, on se pose enfin. Angélique a préparé amoureusement le repas ; Angélique qui n'a d'yeux que pour son fils adoré. Sur la table trône royal le caviar. Et les gambas. Et les beignets. Et la feta. Et les souvlaki. Et la moussaka. Sur la table royale trône un véritable festin. Et dans les verres coulent l'ouzo et puis le vin de Samos et puis un vin rouge qui est tellement épais qu'il est noir et puis du vin résiné et puis des tas de liquides alcoolisés dont j'ai oublié le nom et qui, vite vite, tournent la tête d'Angélique, d'Ulysse et d'Amélie qui se mettent à parler comme s'il n'y avait plus qu'eux sur terre, qui se mettent à parler et le voisin d'à côté peut exploser la cloison ils s'en foutent mais alors là. D'ailleurs, lecteur, tu l'as compris depuis belle lurette : il n'y a plus qu'eux et toi sur terre. C'est l'heure bienheureuse juste avant le grand saut. Ulysse ne peut s'empêcher d'annoncer : « Maman, c'est décidé, j'ai commencé aujourd'hui, je serai révolutionnaire ! » « Révolutionnaire ! Ulysse Papadiamantès ! Le nouveau Lénine ! Le plus grand de tous les grands ! Ulysse ! Mon petit Ulysse ! » Sur le frigidaire, émoustillé, Mercredi se met à brailler « C'est la lutte finale ! » Fantaisie vocale qui le don d'énerver le voisin qui beugle « Ta gueule Ducon ! »

Et pour te faire plaisir – parce qu'il a compris que, comme Angélique Papadiamantès et Amélie Fatale Pompon, tu as besoin de rêves –, Ulysse se met à raconter que lorsqu'il sera célèbre, nous habiterons tous, sans oublier Mercredi, une maison grande comme l'Acropole, une maison blanche où il fera bon vivre l'été, où il n'y aura pas de voisin à télé, pas de madame Mattieu ; une maison grande comme une trirème, une villa de marbre antique avec un jardin empli de fleurs rares, bordé d'arbres centenaires où l'ombre sera généreuse. Et là, les journées passeront, comme ça, à ne rien faire, parce que ce sera une espèce de paradis grec sur terre.

Et pour mieux nous charmer, le jeune Papadiamantès poursuit son dithyrambe. Rhétorique
nocturne qui te séduit, ô lecteur attentif. Alors, se
tournant avec curiosité vers toi, l'être aux paroles
de miel reconnaît enfin ton visage et découvre,
dans tes larges yeux constellés de points d'or, une
mer immense où fuient les galères…

XXII

« Qu'est-ce qu'il y a encore ? » ronchonne César qui est raide pété, « Qu'est-ce que tu as encore vu ? La bête du Gévaudan ? Un diplodocus ? La Mattieu en maillot de bain ? » Angèle s'assied sur le canapé maous à côté de son homme imprégné de pastis. La nuit s'agite sur la ville et fait la bamboula. Les tam-tams s'en donnent à cœur joie. La nuit fait boum, mesdames et messieurs – la nuit qui caracole et entre en transe. Les Pompon sur le canapé maous ne bougent pas d'un pouce. Si un bulldozer leur passait dessus, là, en ce moment, ce serait du pareil au même. Les Pompon sont exsangues. « Dis tu crois qu'on va se réveiller quand ? » murmure Angèle au faciès décomposé. Les Pompon sont au bout du rouleau. Leurs paroles restent en suspension, comme ça, ils n'ont même plus la force de se répondre. « Un jour un mec a dit que tout finit bien parce que tout finit », articule César soudain grave. Dehors, c'est pire que les tambours du Bronx ; ça fait un raffut tropical. « C'est le 14 juillet ou quoi ? » interroge César. Les rythmes s'emballent ; véritables marteaux diaboliques qui auraient décidé d'écrabouiller les neurones pomponiens en cadence. Ces derniers, inertes sur le canapé qui craque, essaient de s'accrocher désespérément à quelque chose. « Tu sais ce que j'ai vu dans la chambre d'Amélie ? » chevrote Angèle. Silence prudent et césarien. « Des tonnes et des tonnes de chaussures ! Ce n'est pas possible qu'elle ait acheté tout ça. Il y a de quoi ouvrir un magasin avec des tonnes et des tonnes sous des tonnes de saletés et des Bata et des incroyables et tout ça planqué dans des gros sacs Tati sous le lit ! » Silence prudent et césarien. « Qu'est-ce que tu en penses César ? » « Il faut voir ! » Un silence noir envahit le salon de la rue Longue. Le rouleau est au bout des Pompon. Sûr, pour eux, c'est le jour le plus long. César branche le poste pour se changer l'absence d'idées. « Et c'est aussi le jour le plus con ! Chers téléspectateurs ! Nous avons cherché et nous avons trouvé ! » sourit le présentateur guimauve micro à la main qui a les dents en porcelaine. César baisse le son. Finalement, la télé, c'est vachement mieux sans le son. Ce qu'il aime, César, c'est savoir qu'il peut mettre le son ou ne pas le mettre. Ce qu'il aime, c'est voir vaguement toutes ces images qui bougent à l'écran et, dès qu'il en a marre, passer à autre chose puis encore à autre chose, ce qui fait au bout du compte une salade russe d'images qui ne veulent rien dire. Au fond c'est ça qu'il aime, se gaver, et, presque endormi, être mûr pour aller pioncer. Et puis la télé, ça fait une présence, ça fait qu'on n'est pas tout seul, ça remue, c'est la vie. Et puis ce qui est vraiment bien, c'est que quand on en a ras la fiole on appuie sur le bouton et hop ! Pax romana. Alors qu'avec Angèle, pas de bouton, pas de solution. Sur l'écran, face au canapé maous, des Martiens débarquent chez nous en soucoupe volante. Comme ils mettent un temps infini à sortir de leur capsule, César zappe et tombe sur une vachette qui galope dans les rues d'un village avec plein de gens qui l'énervent autour. Ce qu'il ne comprend pas César c'est qu'elle ne comprenne pas Angèle. Au fond Amélie peut avoir quinze mille paires de chaussures dans sa piaule, ça le laisse de marbre. César, ce qu'il veut, c'est pas d'ennuis. Le reste, il s'en lave les pieds. C'est toujours les bonnes femmes qui remuent la soupe et font remonter les morceaux. C'est toujours elles qui sont excitées comme des poux. Et après tout, si elle se balade en Bata la petite, en quoi est-ce que ça dérange la maréchaussée, hein ? Et si elle est accro du talon aiguille, en quoi est-ce que ça regarde la Mattieu ? Hein ? cogite César devant l'écran qui est revenu aux Martiens qui sont en train de nous attaquer. Ce qu'il ne comprend pas César c'est qu'elle ne comprenne pas Angèle. Il faut dire qu'elle n'est pas aidée, songe l'être pété en matant sa moitié qui est tassée à côté de lui, véritable ruine pas restaurée. Il faut dire qu'elle n'est pas jojo l'Angèle et ça ne s'arrange pas non ! C'est dingue comme on a peu de sentiment finalement. Comme ça dure peu l'émotion. César regarde le Martien qui a un fusil de l'an deux mille et se demande depuis quand il n'a pas ressenti un petit pincement aux ventricules. Eh ben ça remonte ! Ouh la la ! Ça remonte ! Il faut être franc. Et paf un Martien qui tombe ! Finalement le seul truc qu'il ressent vraiment, qui le remue, c'est la trouille, la trouille de la fin. La méga méga trouille rien que pour lui, les autres des nèfles il s'en tape. Comme disait la belle-mère, ce n'est pas vous qui mourrez à ma place ! César, aujourd'hui, il commence à comprendre ce que voulait dire la vioque. Ah la la, les sentiments et tout le chabada sont remisés depuis des lustres ! Angèle soupire soudain et dit « tu ne pourrais pas zapper que les Martiens c'est ennuyeux comme tout ? »

Dessous la Mattieu écoute. « Bon », rumine-t-elle, « ils sont devant la télé, bon bon bon, et la gueuse n'est toujours pas rentrée ! Je le note ! Je le note ! » s'exclame-t-elle en ouvrant son registre des Allées et Venues de l'immeuble de la rue Longue. Il y a des fous partout. On le sait. La Mattieu, depuis des années, note tout au poil près. Elle a des montagnes d'archives chez elle. Et à telle heure, Machin est passé dans l'escalier, il s'est arrêté quarante secondes devant ma porte puis il est redescendu. Des phrases passionnantes avec des commentaires : ce type est louche, portrait-robot joint au cas où. La Mattieu prend ça très au sérieux. Ce qu'elle aime aussi, c'est fouiller dans les boîtes aux lettres. Elle peut même piquer les lettres et les remettre – éventuellement – trois jours plus tard dans la boîte. Ce qu'elle aime aussi, c'est être collée aux portes pour entendre ce qui se passe derrière. La Mattieu, elle n'aime pas les Pompon. C'est viscéral. Évident comme la nuit succède au jour. Des jeanfoutres, des naves ! Elle ne les aime pas. C'est animal. Rien qu'à les voir. On ne peut pas aimer tout le monde. D'ailleurs c'est simple, la Mattieu elle n'aime personne. Mais avec les Pompon, c'est autre chose. Les Pompon, elle les déteste tout particulièrement. On ne peut pas dire qu'ils dérangent. Ils sont plutôt moins bruyants que les voisins du cinquième. Mais les Pompon, ils auront beau être les plus aimables et les plus adorables, ça ne changera rien. Les Pompon, le problème c'est qu'ils existent. Ils peuvent faire des pieds et des mains pour prouver le contraire. Avec la Mattieu, ça ne marchera jamais. Elle ne se trompe pas sur la marchandise la Mattieu. Elle sait bien qui est qui et qui n'est pas qui. Elle n'est pas odieuse pour rien. Toute une vie de merde vaut bien son pesant de haine. Toute une vie ratée de vieille aigre bilieuse, tout ça vaut bien quelques menus assassinats, quelques légères compensations ! Manque de chance pour les Pompon, ça tombe sur eux ! Juste sur eux cet espèce de plaisir jouissif qu'elle ressent à condamner et à détruire.

La Mattieu trépigne. Si l'autre Amélie ne rentre pas, c'est louche ! Elle doit être avec le monstre du Loch Ness ! Et c'est suspect ! La Mattieu fait les cent pas dans son petit appartement. Au-dessus, un silence olympien. Un silence douteux. « Mais que font-ils ? Que font-ils donc ? » s'interroge l'indiscrète voisine.

Ils ne font rien. Comme tu le sais, lecteur, rien de rien. La vachette, sur l'écran, a embroché un bipède qui devait ignorer que ses cornes n'étaient pas en papier mâché. Ça fait un peu désordre. Mais les Pompon s'en foutent. Leurs quatre yeux sont grands ouverts sur le vide. Quatre gros yeux globuleux figés dans la mélasse. Sur l'écran, il y aurait leur fille Amélie qui ferait un strip-tease et qui leur tirerait la langue, ils ne la verraient même pas. Dehors, les tambours du Bronx mènent la sarabande. Dehors, la nuit est belle ; c'est la nuit de tous les excès et de toutes les ivresses. Dehors, la nuit est noire comme un four à gaz – un four très noir où les chats sont gris. Dehors, il fait une chaleur à claquer. Et le béton, dans la nuit, se met à swinguer, et la ville, dans la nuit, se met à gronder, et les bourgeois, dans la nuit, attendent que ça se tasse. Mais ce qu'il y a de plus beau, dans la nuit, c'est la nuit ! La nuit urbaine, la nuit polluée qui a d'étranges couleurs magnifiques, la nuit défigurée. Lecteur, est-ce que tu aimes marcher pour rien la nuit dans ta ville ?

Dedans, les Pompon sont muets comme des carpes. Amélie vient de rentrer. César et Angèle devant la télé ont piqué du nez. César est en short, torse nu. Angèle en chemise de nuit. César cuve. César qui n'est toujours pas allé voir les montagnes de chaussures dans la chambre d'Amélie. César qui n'ira jamais voir. Angèle a compris et Angèle a décidé de s'en fiche. A décidé d'arrêter de vouloir l'impossible. Et puis, après tout, demain sera un autre jour, qu'on se le dise ! Demain ! Demain qui sera le dernier jour ! Craignez, hommes de peu de foi, craignez la dernière heure, craignez la dernière page du livre. Dernière page, dernière illusion, dernier rempart de papier contre le temps qui nous dévore.

XXIII

Chez les Papadiamantès, Angélique a vu Amélie Pompon partir avec soulagement. Un silence fatigué plane sur la table. Angélique a la flemme de se lever et de débarrasser. Le repas royal a été englouti. Il ne reste plus une miette. Angélique, mains croisées, s'endort sur sa chaise. Ulysse, dans sa chambre, revêt son costume de scène. De l'autre côté de la cloison, les premiers ronflements d'Angélique lui disent c'est bon tu peux y aller. Prudent, Ulysse contourne la table, frôle sa mère, se dirige vers la sortie. Tout semble calme. L'immeuble. La rue. Le quartier. La ville. Le pays. Le continent. Le monde. Tout semble dormir et Ulysse en profite pour filer à l'anglaise lorsqu'une voix que nous connaissons bien le fait sursauter. « Ulysse, ma parrrrole, tu t'es habillé pourrrr le carrrrnaval de RRRRio ? » « Chhuuuut ! » bondit Ulysse, « Tais-toi Mercredi ! Tais-toi ! » « Mais tu vas où comme ça ? » poursuit la volaille curieuse. « Je vais rue Longue. J'ai rendez-vous à minuit avec Amélie. » « Minuit ! L'heurrrre du

crrrrime ! Je viens avec toi. Il te faut un chaperrr-
ron ! » « Silencieux de préférence le chaperon ! Il
ne faut pas réveiller Angélique ! » Sur sa chaise,
cette dernière n'a rien entendu et rêve comme une
béate. Rêve de la concierge, madame Caeiro, qui
tricote des bas pour ses chats et qui, adossée à
l'entrée de l'immeuble, contemple en souriant la
rue Fernando Pessoa – rue vide et muette, dont le
charme réside peut-être en cette lumière particulière qu'on y savoure certains soirs d'hiver. Une
lumière comme une flèche qui se ficherait entre
vos épaules et qui vous propulserait, en un quart
de dixième de seconde, de l'autre côté de l'univers.

Rue Longue, collée à son judas, la mère Mattieu a vu Amélie rentrer chez les Pompon. Tout va
donc mal puisque tout va bien. Après réflexion,
elle lui a trouvé un drôle d'air à cette pisseuse.
Quand même. Elle se raccroche à cet air-là, la
Mattieu, un air pas comme d'habitude, un air
nouveau, quelque chose a changé, c'est sûr, mais
quoi ? La voisine énervée comme quinze puces
tourne et tourne dans sa cage. Après réflexion, cet
air-là, elle l'a déjà vu quelque part. Cet air-là lui
rappelle quelque chose. Dans leur cage, les quinze
puces sont agitées comme des poux. Et d'un seul
coup, navrante désolante consternante, l'évidence,
là, sous le nez dégoûté de la Mattieu. Amélie, ce
soir, devant sa porte, avait l'air de quelqu'un
d'heureux. Pouah !

Il ferme la porte de l'appartement avec un tas de précautions qui font rigoler Mercredi. Il descend l'escalier comme s'il n'avait pas de pieds – alors qu'il en a. Gymnastique qui lui donne un air de conspirateur qui fait se gausser le volatile. « Bigrrrre, on dirrrrait que tu as volé les joyaux de la Courrrronne ! » Il n'écoute pas et, extrêmement concentré, poursuit sa lente descente, passe discret devant la loge de la Portugaise, évite Bichon qui dort en plein couloir, pousse la porte de l'immeuble et se retrouve seul face à la nuit obscure. Heureux comme Ulysse, il écoute la ville autour de lui ; la ville qui respire et lui dit viens. Alors, fier comme Artaban, Mercredi sur l'épaule, Ulysse Papadiamantès, le cœur en ébullition, se dirige, à pas de loup, vers le métropolitain.

Chez les Pompon, les Pompon se mettent au lit. César à gauche. Angèle à droite. Comme ça depuis la nuit des temps. Le lit craque. Les formes glissent sous le drap en coton rose. César est tout content de s'allonger. C'est le meilleur moment de la journée. Angèle prend son cachet du soir, avale un verre d'eau, repose le tout, vérifie que le réveil est remonté. Puis bonne nuit César bonne nuit Angèle. Et c'est parti pour un tour. Dans sa chambre, Amélie cherche et fouille et soulève et jette. Une cloche sonne au loin. Bientôt minuit. Bientôt !

La Mattieu, ça lui a foutu un coup de comprendre. Un sacré coup de voir que même une moins que rien comme Amélie pouvait être heureuse. D'énervement, elle se gratte. Apparaissent de grandes zébrures sur sa peau de vieux lézard pas beau. La chaleur grimpe au plafond. Elle s'en fout. Elle revoit les yeux d'Amélie ; de grands yeux noirs pleins de douceur. Elle est sciée. Amélie qui, d'habitude, fait toujours la gueule et qui est aimable comme un autobus. Que se passe-t-il ? Que s'est-il passé ? Que va-t-il se passer ?

Ligne 38. Station Fernando Pessoa. 58° nuit. Quai mort. Chaises recouvertes de clochards sonnés. Ulysse fait les cent pas. Ses yeux bleu-vert pétillent d'amusement. Sa démarche nous assure qu'il sait où il va. Contrairement aux êtres avachis sur les sièges, le jeune homme est très éveillé. Le métro expire enfin à ses pieds dans un couinement de ferraille.

Amélie, rue Longue, cherche et fouille et soulève et jette. Amélie se dit que ça va être la fête. Elle n'a jamais eu autant la pêche. On va voir ce qu'on va voir ! Une étagère s'effondre brusquement et tombent sur le parquet perles, bagues, colliers, bracelets, sautoirs, broches, colifichets dans un vacarme joyeux qui déclenche, au-dessous, trois coups de balai furieux. « Je l'avais oubliée celle-là ! » soupire Amélie qui s'en fiche et qui, perchée sur ce qui à l'origine devait lui servir de bureau, tire un énorme sac du dessus de l'armoire.

« Yatak ! Yatak ! Haaa ! » hurle Attila sur ses rollers ailés. L'immense silhouette glisse le long des rues. On l'entend à peine. Juste un sifflement, et hop l'être à roulettes a déjà disparu. Attila a mis sa tenue de combat. Collants noirs. Polo noir. Cagoule noire. Gants noirs. Une ceinture avec des instruments accrochés : cutter, pic à glace, hache, marteau, bombe lacrymo. La ville est vide. La ville est à lui. « Yatak ! Yatak ! Haaa ! » hurle l'énergumène excité que la vitesse grise. La ville s'est rendue, la ville a eu peur, sûr, en voyant débarquer Attila. Ils sont tous morts. Les rares survivants ont fui. Une ville entière terrorisée. Une ville entière tapie sous la nuit noire et crématoire. « Yatak ! Yatak ! Haaa ! » chante, hilare, Attila le dévastateur.

Dans le lit, César, comme chaque fois, prend toute la place et pousse Angèle qui, malgré le cachet du soir, ouvre l'œil et le bon. « Ça y est », maugrée-t-elle, « encore une nuit de foutue ! » César s'est collé contre elle. Qui se décolle.

Heureux comme un inconscient, César grogne et s'étire et rêve que les Martiens l'emmènent dans leur capsule. Et il n'a pas peur du tout. Il est même plutôt content. Des grandes vacances offertes. Adieu la Mattieu ! Adieu créature désastreuse ! Adieu la terre ! Adieu les hommes et tout le tintouin ! Alors, de soulagement, monsieur César commence à ronfler.

« Mais qu'est-ce qu'elle fabrique ? » ronchonne la Mattieu aux aguets sous la chambre d'Amélie. Le ronflement de César, joyeux, traverse peinard le plafond. Je vais alerter le syndic, pense la femme aigre. Ces ronflements sont intolérables. Puis elle entend tomber quelque chose de lourd. Aussitôt elle se précipite sur son balai. Quelque chose de lourd qu'on traîne et qu'on remue. Et puis c'est le silence, de nouveau ; le silence bizarre juste avant la tempête.

Il regarde les compartiments et choisit le moins peuplé. Au troisième essai, les portes enfin se ferment et la machine s'ébranle avec douleur. On se croirait dans une énorme chaudière. Les rares bipèdes, liquéfiés, ont pris la couleur du filet de bœuf argentin. « Ce n'est pas crrrroyable ! » transpire Mercredi, « On va mourrrrirrrr ! » « Tais-toi ! Moins tu parleras, moins tu transpireras ! » répond Ulysse. « On en a pour un moment. La rue Longue est à l'autre bout de la ville. » Autour d'eux, personne ne bouge. La sueur coule sur les visages, sur les poitrines, ruisselle jusqu'aux pieds. Dans le compartiment, tout le monde regarde Ulysse. Ulysse qui, tel Orphée allant chercher son Eurydice, arbore son habit de lumière et détonne dans le métro comme un éléphant bleu dans un escalier. « D'habitude », se vexe Mercredi, « d'habitude c'est moi qu'on rrrregarrrrde ! »

BoaBoa claque la lourde de son squat. Personne à l'horizon. L'air est de plus en plus lourd. La lune rousse roule par-dessus les toits. BoaBoa respire avec émotion l'air nocturne. Une étoile d'or au loin illumine le bleu de la nuit. Qu'est-ce qu'on est bien quand ils sont tous couchés ! Qu'est-ce qu'on est bien quand on est seul ! Comme la ville, d'un coup, est plus belle. On dirait une femme offerte. BoaBoa se dirige vers la rue Longue. Il a tout son temps. A ses côtés avance avec lenteur Amiante, magnifique python musculeux aux écailles d'agate. Le jeune homme, comme si de rien n'était, continue sa marche, traverse des places, suit des allées, ignore de splendides façades, longe le fleuve – miroir d'argent irréel et immobile. Un vaisseau fantôme, soudain, sort de l'obscurité et glisse, énorme masse silencieuse, sous le pont Mirabeau. BoaBoa, distrait, sourit à la nuit.

Cinq. Quatre. Trois. Deux. Un. Aïe ! Les heures ont chassé les heures, lecteur ! Une cloche sonne. Une cloche sonne les douze coups de minuit. Minuit, l'heure du charivari, du crime et de la passion ! Une cloche sonne dans la nuit les douze coups lugubres de la dernière heure. Minuit, l'heure du dénouement. Craignez la dernière ! Craignez, braves gens !

XXIV

Dans la tête de madame Mattieu, tout a basculé. Comme un encrier d'écolier qui soudain se renverse. Puis ses oreilles ont bourdonné et son cœur a bondi. Elle se rétracte dans le silence, l'acariâtre haineuse – un silence de minuit lourd comme la poix. Elle est aux aguets et entend la porte des Pompon, au-dessus, qui s'ouvre en couinant parce que ces imbéciles ont toujours oublié de l'oindre. À pas de loup, elle se colle au judas.

La lumière est. Puis la porte pomponesque, lentement, se referme. Puis il y a un bruit d'étoffes, comme un glissement soyeux. Puis rien. La Mattieu essaie de réfléchir. En vain. Puis, le nez dans le judas, elle voit passer une créature habillée comme ça ne se fait plus depuis la nuit des temps, habillée avec une robe à paniers bien trop large pour l'escalier. La créature a du mal à descendre. La Mattieu se pince frénétiquement derrière l'huis en marmonnant je rêve je rêve. Mais non. La robe longue à paniers est de velours et de soie bleue. Un bleu étincelant comme le plus beau ciel d'hiver sur les montagnes enneigées. La parure bleue est constellée de pierreries qui scintillent comme les étoiles. Sur ses épaules, la créature a disposé un châle, on dirait de la gaze dorée. Les épaules sont couleur de lait. Le visage maquillé poudré est méconnaissable. Une perruque haute comme la tour de Pise est posée sur la tête souriante. La Mattieu se pince jusqu'au sang et pige que c'est Amélie, là, sous ses yeux, déguisée en marquise de Carabas. Et le plus étonnant – la robe coincée dans la rampe permet de regarder tranquillement –, le plus extraordinaire, c'est la paire de chaussures de la dame. D'extravagantes chaussures de cristal avec des talons qui fulgurent. La Mattieu est tout éberluée lorsqu'elle entend, dans la rue, un kling anormal qui la sort brutalement de sa torpeur.

Kling kling kling ! « Késaco ? » dubite l'atrabilaire. La marquise étant bloquée entre le premier et le rez-de-chaussée, l'alerte voisine se dit qu'elle a le temps d'aller voir presto presto ce qui se passe dans la rue et, trotte-menu, galope jusqu'à son salon, ouvre grand la fenêtre, se penche. Un quidam de noir vêtu s'amuse à briser les vitres des voitures garées sur la chaussée. Kling kling kling ! La Mattieu s'apprête à invectiver la créature lorsque celle-ci, munie de roulettes comme on en voit sous tous les jeunes, se met à exécuter une danse du scalp très impressionnante en braillant un yatak yatak aaahhh maléfique. La mateuse s'indigne en son for intérieur. « Des animaux ! Même pas des animaux ! Regardez-moi ça ! » Attila, dehors, en pleine forme, saisit sa hache et pourfend le capot d'une voiture qui n'en demandait pas tant. « L'hirsute ! L'hirsute ! J'appelle les flics ! » a juste le temps de se dire la cafteuse qui entend soudain, sous sa fenêtre, le monstre du Loch Ness qui la salue en ricanant et donne l'ordre à un animal dont elle n'identifie pas l'espèce de grimper sur son balcon. Prudence. Contrôle. La vieille femme ferme tout et voit, atterrée, un python musculeux aux écailles d'agate qui la regarde et se met à frapper gentiment au carreau. « Je deviens folle ! Je deviens folle ! » hurle la teigne en saisissant son balai et en cognant violemment chez les Pompon. « César ! Angèle ! Réveillez-vous ! Des hordes de barbares nous attaquent ! Vite ! César ! Angèle ! Angèle ! César ! » Le python, d'un simple coup de pouce, pète la vitre et presto presto s'enroule aux pieds de la Mattieu qui se fige. Sur ce, léger comme une plume, saute le monstre du Loch Ness dans l'appartement de la dame. « Amie du soir, bonsoir ! » sourit BoaBoa.

Au-dessus, Angèle se dit que c'est fou quand même ces coups de balai de la voisine à point d'heure. De toute façon, foutu pour foutu, autant se lever. Madame Pompon s'extirpe de la couche conjugale. Se dirige vers la cuisine – vieux réflexe ménager. Se sert un verre d'eau et entend un kkr-roonnkk inhabituel qui vient de la rue Longue.

« Allons bon, César va encore me dire que je me fais de la bile pour rien. » Re-KKRROONNKK. « Bizarre quand même ! » s'interroge la femme éveillée qui se dirige discrètement vers le salon et soulève le rideau pour voir, en bas, un être vêtu de noir qui est en train de scier en deux une voiture qui n'en demandait pas tant. « Pauvre garçon », monologue Angèle, « pauvre garçon, il faut vraiment ne pas savoir quoi faire dans la vie pour scier des voitures à minuit passé ! » La voiture s'écrabouille sur la chaussée ; le jeune homme, ravi, entreprend de compisser la carcasse. Ce qui réveille Angèle. Qui d'un seul coup entrave que c'est la voiture de César, là, les quatre fers en l'air, qui sert de vespasienne. Elle s'apprête à se concentrer pour savoir quoi penser quoi faire lorsqu'elle entend la voix d'un homme, chez la Mattieu, qui interpelle l'autre scieur de bagnole en lui disant de venir voir il y a une vioque d'enfer et ils vont pouvoir se marrer. Ni une ni deux, l'autre se précipite dans l'appartement de la vieille bique en passant par son balcon. Angèle en est toute remuée. « La pauvre madame Mattieu ! Elle va passer un sale quart d'heure ! » Puis. « Ça lui fera les pieds ! Pour une fois qu'il y a un peu de justice et que ces salopards vont chez elle et pas chez nous ! » Puis. « Mais peut-être qu'après ils vont venir chez nous ? » Peur panique. Plus elle a peur Angèle moins elle est dégourdie. En dessous, elle entend des bruits sourds. « Et s'ils nous la tuent ! Tous ces jeunes qui tuent ces temps-ci, on se dit que

202

c'est pour les autres et un jour c'est pour nous !
César ! César ! » appelle soudain Angèle comme
une furie en se précipitant dans la chambre nup-
tiale où l'être impérial ronfle comme un Tchèque.
« César ! César ! »

Amélie franchit la porte de l'immeuble et respire enfin. Le plus difficile est fait. La rue est
assez large. Et déserte. Amélie se dégourdit les
jambes et marche tranquillement tout au long de
la longue rue Longue. Le cristal, à ses pieds, fait
une musique qui l'enchante. La robe est royale.
Les pierreries clignotent dans la nuit. On dirait la
voie lactée qui se balade sur les boulevards. Dans
sa robe, Amélie se sent toute chose. Ou sent un
étrange bien-être ; comme si elle acceptait pour
la première fois ce qui lui arrivait, comme si elle
était heureuse en attendant Ulysse.
En attendant elle a complètement oublié les
autres qui, chez la Mattieu, font un ramdam qui
intrigue quand même ce brave César, lequel se
dresse d'un coup sur son séant. « C'est quoi ça
encore ? » ronchonne-t-il. « C'est les jeunes qui
zigouillent les vieux, tu sais ceux dont on parle
à la télé, ils sont maintenant chez la Mattieu ! »
débite Angèle verte. « Bien fait pour elle ! » répond
César. « Et s'ils viennent chez nous ensuite pour
continuer à se faire la main, hein ? » « J'appelle
les flics de ce pas », saute César alerte du plumard
fonçant vers le téléphone. Angèle qui ne sait plus

quoi faire pour calmer son angoisse pense soudain à sa fille adorée et se dirige vers la chambre silencieuse. « Amélie ! Amélie ! Réveille-toi ! » répète la mère qui pousse enfin la porte et découvre que l'oiseau s'est envolé.

L'oiseau bleu, perdu dans ses rêves, revient lentement vers l'immeuble parental. C'est là qu'elle doit attendre Ulysse. Il le lui a dit. Le plus difficile, pense-t-elle, ça va être de ne pas se regarder. Car ils vont bien être obligés de se regarder pour savoir qu'ils se sont retrouvés ! Préoccupée, elle ne repère pas tout de suite BoaBoa et Attila qui, forts de leur crime, papotent sur le balcon de la Mattieu et découvrent soudain, à leurs pieds, Cendrillon qui fait les cent pas.

Avant qu'ils aient pu esquisser le moindre geste, dans la nuit noire, une voix inhumaine se met à chanter. Une voix qui viendrait des étoiles et de la lune, une voix d'en haut, une voix comme la foudre et comme la brise, une voix magique qui ligote les bras et les jambes de BoaBoa et d'Attila, leur coupe la langue, leur chatouille les oreilles et leur gratte le nez. Puis la voix s'éteint et apparaît alors, tout au bout de la longue rue Longue, la silhouette d'Ulysse qui avance, augustement, irrésistiblement attiré par Cendrillon. Nous précisons que c'est Mercredi, perché sur les épaules du jeune homme, qui cache les yeux de son maître sous ses ailes multicolores. Il faut quelques minutes qui paraissent des heures pour que l'étrange équipage arrive au pied de l'immeuble. Ulysse se détourne de Fatale qui n'hésite pas une seconde et se place juste derrière lui, à quelques centimètres. Personne n'a bougé. La voix les a pétrifiés. Cendrillon Fatale Amélie Pompon, à quelques centimètres, respire tout près de la nuque d'Ulysse qui frémit sous la caresse. Les Pompon, à leur fenêtre, attendent les flics et se demandent qu'est-ce que c'est encore cette manif. Amiante, séduit, est le premier à glisser le long de la muraille et à s'approcher du maître chanteur. Fatale respire et Ulysse frémit. Puis la main droite d'Ulysse se tend vers la main droite de Fatale. Puis, la main dans la main, l'un devant, l'autre derrière, le plus beau couple de l'histoire du cinéma entame sa longue marche contre le temps. Alors, soudain, dans la nuit noire, la voix inhumaine commence ses vocalises. Mercredi, en retrait, filme la scène. Mercredi qui ne savait pas qu'Ulysse avait du gosier. Mercredi qui en a la plume toute retournée. Et la voix s'élève et grimpe dans l'air brûlant de cette nuit de juillet, et, toujours plus belle, toujours plus irréelle, monte, monte, provoque une série de secousses sismiques dans la croûte de chose avariée diluée qui stagne au-dessus de la ville, monte encore plus haut, jusqu'à la troposphère, jusqu'à la stratosphère, jusqu'à la mésosphère. Et la voix caresse la ville, la ville immense, avec ses boulevards, ses rues, ses impasses, son centre gigantesque, ses banlieues prolifiques, ses périphériques, ses autoroutes, ses nationales, sa petite

205

ceinture, sa grande ceinture, ses ponts, ses souterrains, ses parkings, ses métros, ses bus, ses voitures, et la ville immense ouvre grand ses oreilles
puis, conquise, la ville mystérieuse se prend à sourire. Alors, derrière la voix d'or, soudain, s'organise un étrange cortège. D'abord Amiante, béat,
lové sur les épaules de Fatale. Puis Attila, doux
comme un agneau. Et BoaBoa perdu dans ses
pensées. Et les voisins, tous les voisins de la rue
et du quartier, tous – à l'exception des Pompon, il
faut le reconnaître – se sont réveillés en entendant
la voix et tous, fascinés, marchent sur des œufs et
suivent, émerveillés, l'inconnu qui les entraîne. Et
les animaux, les animaux de la rue et du quartier,
et même les rats, et même les mouches, et même
les puces, et même une licorne magnifique aux
yeux rouges, et même une légion d'acanthoptéry-
giens qui s'était perdue dans la ville, et même une
colonie d'éléphants bleus ! Tous ! Cette nuit-là !
Tous le suivent, lui devant et eux derrière.

Ça dure. Ça dure trois éternités. La voix chante
et sème une sacrée panique ! La voix, chaude,
amoureuse, fait la révolution pour les beaux yeux
de Cendrillon. Cendrillon qui est éblouie et dont
le souffle léger et amoureux chatouille la nuque
d'Ulysse qui frémit. Tous s'en vont, c'est ce que
chante la voix, tous s'en vont retrouver l'autre
monde – celui que tu as peut-être oublié, lecteur, le
monde de l'enfance et des histoires mirobolantes.
Tous, de l'éléphant bleu au contrôleur des impôts,
du rat boiteux à la petite fille blonde qui marche

avec sa poupée, tous s'en vont à Nimpatan, Makalolo, Migrevent, Tracoda, Abaton. Tous se sont donné rendez-vous, c'est ce que chante la voix, dans la chambre de marbre bleu du palais de cristal du maharaja de la main morte…

Par mégarde, grisé par son chant, à la dernière seconde – celle qui tue –, Ulysse se retourne et sourit à sa Fatale adorée. Alors brusquement, le ciel se remplit de stratus nimbus et autres cumulus. Alors d'un seul coup, je peux le confirmer, la foudre le tonnerre la tempête et le déluge se déchaînent. Des gouttes comme des melons ! Des grêlons gros comme des oies ! Que d'eau ! Que d'eau ! Quarante centimètres en huit secondes. Franchement, lecteur, les saisons sur notre bonne vieille terre ont complètement perdu la raison. Alors d'un seul coup, comme si ce n'était pas déjà assez extravagant, de la neige ! De la glace ! Un froid de gueux. Puis un blizzard qui, soudain, emporte tout sur son passage.

Quelques heures plus tard, une aube navrante éclaire la ville tassée sur elle-même.

Rue Longue, les flics n'ont retrouvé qu'un cadavre de voiture sciée en deux, trois plumes de perroquet et une insolite chaussure de verre. Rue Longue, c'est comme s'il ne s'était rien passé. C'est souvent comme ça, tu as pu le remarquer lecteur, les plus grands chamboulements précèdent les plus grands oublis. Monsieur et madame

Pompon se lèvent comme chaque jour et mettent le chauffage à fond en jurant qu'un chaud froid pareil ça n'a pas de sens, que décidément tout fout le camp. Puis, histoire de se poser une question dans la journée, César Pompon, devant son café brûlant, soupire mais où donc où donc est passée Amélie ?

DU MÊME AUTEUR

Aux Éditions Gallimard

MERCREDI, 2015 (Folio n° 5982) (1ʳᵉ parution Phébus, 2000)

Aux Éditions Joëlle Losfeld

LA CLEF SOUS LA PORTE, 2015

LES VIEILLES, 2010 (Folio n° 5320)

LES AMANTS DE BORINGE, 2007

FOL ACCÈS DE GAÎTÉ, 2006

MORIBONDES, 2005

TROIS GRAINS DE BEAUTÉ, 2004

Chez d'autres éditeurs

FRÈRES, Le Castor Astral, 2002

FOLIES D'ESPAGNE, Julliard, 1995

VERTIGE, Quai Voltaire, 1992

VILLA MON DÉSIR, Fixot, 1989

Composition Nord compo
Impression Maury Imprimeur
45330 Malesherbes
le 3 août 2015.
Dépôt légal : août 2015.
Numéro d'imprimeur : 199831.

ISBN 978-2-07-046573-6. / Imprimé en France.

287021